von Hildegard Koster
zum 62 Geb.

Knaus

K

IRÈNE NÉMIROVSKY

Herbstfliegen

Aus dem Französischen
von Eva Moldenhauer

KNAUS

KAPITEL I

Sie nickte, sagte wie früher: «Nun denn, leb wohl, Jurotschka… Gib gut auf deine Gesundheit acht, mein Lieber.»

Wie die Zeit verging… Als er noch ein Kind war und im Herbst ins Gymnasium nach Moskau reiste, kam er auch so zu ihr, um Lebewohl zu sagen, in ebendieses Zimmer. Das war jetzt zehn, zwölf Jahre her…

Sie betrachtete seine Offiziersuniform mit einer Art Verwunderung, traurigem Stolz.

«Ach, Jurotschka, mein Kleiner, mir ist, als wäre es gestern gewesen…»

Sie schwieg, machte eine müde Handbewegung. Seit einundfünfzig Jahren war sie nun bei der Familie Karin. Sie war die Amme von Nikolai Alexandrowitsch gewesen, Juris Vater, und nach ihm hatte sie seine Geschwister großgezogen, dann seine Kinder… Sie erinnerte sich noch an Alexander Kirillowitsch, der 1877, vor neununddreißig Jahren, im türkischen Krieg gefallen war. Und jetzt war die Reihe an den Kleinen, Kirill und Juri, in den Krieg zu ziehen …

Sie seufzte, machte auf Juris Stirn das Zeichen des Kreuzes.

«Geh, Gott wird dich beschützen, mein Lieber.»

«Aber sicher, Mütterchen …»

Er lächelte mit einem spöttischen, resignierten Ausdruck. Er hatte ein dickes, frisches Bauerngesicht. Er ähnelte nicht den anderen Karins. Er nahm die kleinen Hände der alten Frau, die hart waren wie Rinde, fast schwarz, in die seinen und wollte sie an seine Lippen führen.

Sie errötete, entzog sie ihm hastig.

«Bist du verrückt? Würde man nicht meinen, daß ich eine schöne junge Dame bin? Geh jetzt, Jurotschka, geh runter … Unten wird noch getanzt.»

«Leb wohl, Njanjuschka, Tatjana Iwanowna», sagte er mit seiner schleppenden, ironischen und ein wenig schläfrigen Stimme, «leb wohl, ich werde dir aus Berlin einen Seidenschal mitbringen, falls ich dort einmarschiere, was mich wundern würde, und einstweilen werde ich dir zu Neujahr ein Stück Stoff aus Moskau schikken.»

Sie versuchte zu lächeln, indem sie ihren Mund noch mehr zusammenkniff, der fein geblieben war, aber schmal und nach innen gestülpt, wie von den alten Kiefern eingesogen. Sie war eine Frau von siebzig Jahren, von zerbrechlichem Äußeren, kleinem Wuchs, mit einem lebhaften, lächelnden Gesicht; bisweilen war ihr Blick noch durchdringend, andere Male jedoch matt und ruhig. Sie schüttelte den Kopf.

«Du versprichst viel, und dein Bruder ist genau wie du. Aber da unten werdet ihr uns vergessen. Nun ja, gebe Gott, daß es bald zu Ende ist und daß ihr alle beide zurückkehrt. Wird dieser Fluch schnell zu Ende gehen?»

«Bestimmt. Schnell und schlimm.»

«Damit darf man nicht scherzen», sagte sie lebhaft. «Alles liegt in Gottes Hand.»

Sie ließ von ihm ab, kniete sich vor den offenen Koffer. «Du kannst Platoschka und Pjotre sagen, sie können die Sachen holen, wann sie wollen. Alles ist fertig. Die Pelze und Plaids sind unten. Wann fahrt ihr ab? Es ist Mitternacht.»

«Es genügt, wenn wir am frühen Morgen in

Moskau eintreffen. Der Zug fährt morgen um elf Uhr ab.»

Sie seufzte, schüttelte den Kopf mit vertrauter Bewegung.

«Ach, Herr Jesus, was für traurige Weihnachten ...»

Unten spielte jemand einen schnellen, beschwingten Walzer auf dem Klavier; man hörte die Schritte der Tänzer auf dem alten Parkett und das Klirren der Sporen.

Juri machte eine Handbewegung. «Leb wohl. Ich gehe runter, Njanjuschka.»

«Geh nur, mein Herz.»

Sie blieb allein zurück. Sie legte die Kleider zusammen und murmelte: «Die Stiefel ... Die Teile des alten Necessaires ... sie können im Feld noch nützen ... Habe ich auch nichts vergessen? Die Gehpelze sind unten ...»

Auf diese Weise hatte sie vor neununddreißig Jahren, als Alexander Kirillowitsch fortgegangen war, die Uniformen eingepackt, sie erinnerte sich gut daran, mein Gott. Die alte Zimmerfrau, Agafja, lebte noch ... Sie selbst war jung damals ... Sie schloß die Augen, stieß einen tiefen Seufzer aus, erhob sich schwerfällig.

«Ich möchte gern wissen, wo diese Hunde

sind, Platoschka und Petka», grummelte sie. «Möge Gott mir vergeben. Sie sind heute alle betrunken.» Sie hob den heruntergefallenen Schal auf, bedeckte ihr Haar und ihren Mund und ging hinunter. Die Wohnung der Kinder befand sich im alten Teil des Hauses. Es war ein schönes Gebäude von erhabener Architektur mit einem großen, säulengeschmückten griechischen Giebel; der Park erstreckte sich bis zur Nachbargemeinde Sucharewo. Seit einundfünfzig Jahren hatte Tatjana Iwanowna es noch nie verlassen. Nur sie kannte alle seine Schränke, alle seine Keller und die dunklen verlassenen Zimmer im Erdgeschoß, die früher einmal Prunkräume gewesen waren, durch die Generationen gewandelt waren …

Rasch durchquerte sie den Salon. Kirill bemerkte sie und rief lachend: «Na, Tatjana Iwanowna? Gehen deine Lieblinge fort?»

Sie runzelte die Brauen und lächelte gleichzeitig.

«Oh, es wird dir bestimmt nicht schaden, wenn dein Leben ein wenig härter wird, Kirilluschka …»

Er und seine Schwester Lulu besaßen die Schönheit, die blitzenden Augen, die grausame und glückliche Miene der Karins von einst. Lulu tanzte in den Armen ihres kleinen Vetters, Tschernyschow, eines fünfzehnjährigen Gymnasiasten. Sie selbst war gerade sechzehn geworden. Sie war bezaubernd mit ihren vom Tanz erhitzten roten Wangen und ihren dicken schwarzen Zöpfen, die sich um ihren kleinen Kopf wanden wie ein dunkler Kranz.

«Die Zeit, die Zeit», dachte Tatjana Iwanowna, «o mein Gott, man merkt gar nicht, wie sie vergeht, und eines Tages sieht man, daß die kleinen Kinder einen Kopf größer sind als man selbst... Auch Lulitschka ist jetzt ein großes Mädchen... Mein Gott, und erst gestern sagte ich zu ihrem Vater: ‹Weine nicht, Kolinka, alles geht vorbei, mein Herz.› Und jetzt ist er ein alter Mann...»

Er stand vor ihr, zusammen mit Jelena Wassiljewna. Er sah sie, zitterte, murmelte: «Schon? Tatjanuschka? Die Pferde sind da?»

«Ja, es ist Zeit, Nikolai Alexandrowitsch. Ich lasse das Gepäck in den Schlitten bringen.»

Er senkte den Kopf, biß sich leicht auf seine bleichen Lippen. «Schon, mein Gott? Nun ja... was soll man machen? Geh. Geh...»

Er wandte sich zu seiner Frau um, lächelte

schwach und sagte mit seiner wie gewohnt müden und ruhigen Stimme: «Children will grow, and old people will fret. Nicht wahr, Nelly? Also, meine Liebe, ich glaube, es ist wirklich Zeit.»

Wortlos sahen sie sich an. Nervös warf sie den schwarzen Spitzenschal um ihren langen, geschmeidigen Hals, die einzige Schönheit ihrer Jugend, die unversehrt geblieben war, ebenso wie die grünen, wie Wasser glitzernden Augen.

«Ich gehe mit dir, Tatjana.»

«Wozu?» sagte die alte Frau achselzuckend, «Sie werden sich bloß erkälten.»

«Das macht nichts», murmelte sie ungeduldig.

Tatjana Iwanowna folgte ihr schweigend. Sie gingen durch die kleine verlassene Galerie. Früher, als Jelena Wassiljewna noch Gräfin Jelezkaja hieß, als sie in den Sommernächten im Pavillon am Ende des Parks Nikolai Karin besuchte, betraten sie durch ebendiese kleine Tür das schlafende Haus ... dort traf sie bisweilen am frühen Morgen die alte Tatjana. Sie sah noch, wie sie vor ihr zurücktrat und sich bekreuzigte. All das schien alt und fern zu sein wie ein seltsamer Traum. Als Jelezki gestorben war, hatte sie Karin geheiratet. Anfangs hatte Tatjanas Feindseligkeit sie oft gereizt und geschmerzt... Sie war jung. Jetzt war es anders. Es kam vor, daß sie mit einer Art ironischem und traurigem Vergnügen auf die Blicke der alten Frau, ihr verschämtes Zurückweichen wartete, als wäre sie noch immer die sündige Ehebrecherin, die unter den alten Linden zu ihrem Stelldichein lief... Das zumindest war von ihrer Jugend geblieben. Mit lauter Stimme fragte sie: «Hast du auch nichts vergessen?»

«Aber nein, Jelena Wassiljewna.»

«Es schneit stark. Laß noch mehr Decken in den Schlitten bringen.»

«Seien Sie unbesorgt.»

Sie stießen die Terrassentür auf, die sich im hohen Schnee mit Mühe knirschend öffnete. Die kalte Nacht war voll vom Geruch vereister Fichten, fernen Rauchs. Tatjana Iwanowna band ihren Schal unter ihrem Kinn zusammen und lief zum Schlitten. Sie ging immer noch gerade und lebhaft wie damals, als sie im Park in der Dämmerung die Kinder suchte, Kirill und Juri. Jelena Wassiljewna schloß einen Augenblick die Augen, sah ihre beiden ältesten Söhne wieder vor sich, ihre Gesichter, ihre Spiele. Kirill, ihr

Liebling. Er war so schön, so ... glücklich ... Um ihn bangte sie mehr als um Juri. Sie liebte beide leidenschaftlich. Aber Kirill ... Ach, es war eine Sünde, daran zu denken ... «Mein Gott, beschütze uns, rette uns, laß uns alt werden im Kreise all unserer Kinder ... Erhöre mich, Herr! Alles liegt in Gottes Hand», sagte Tatjana Iwanowna.

Tatjana Iwanowna ging die Stufen der Terrasse hinauf, die Schneeflocken abschüttelnd, die sich in den Maschen ihres Schals verfangen hatten.

Die beiden Frauen kehrten in den Salon zurück. Das Klavier war verstummt. Die jungen Leute, mitten im Raum stehend, sprachen halblaut miteinander.

«Es ist Zeit, meine Kinder», sagte Jelena Wassiljewna.

Kirill machte eine Handbewegung. «Schon gut, Mama, gleich ... Noch ein Glas, meine Herren.»

Sie tranken auf das Wohl des Zaren, der kaiserlichen Familie, der Verbündeten, auf die Niederlage Deutschlands. Nach jedem Toast warfen sie die Gläser auf den Boden, und die Diener sammelten stumm die Scherben auf. Die anderen Dienstboten warteten in der Galerie.

Als die Offiziere an ihnen vorbeikamen, wiederholten sie alle gemeinsam wie eine düstere, auswendig gelernte Lektion: «Nun denn ... Leb wohl, Kirill Nikolajewitsch ... Leb wohl, Juri Nikolajewitsch.»

Nur einer, der alte Koch Antip, immer betrunken und traurig, neigte seinen dicken grauen Kopf zur Schulter und fügte mit lauter, heiserer Stimme mechanisch hinzu: «Möge Gott euch gesund erhalten.»

«Die Zeiten haben sich geändert», grummelte Tatjana Iwanowna. «Die Abfahrt der Herrschaft, früher ... Die Zeiten haben sich geändert, und die Menschen.»

Sie folgte Kirill und Juri auf die Terrasse. Der Schnee fiel rasch. Die Diener hoben ihre brennenden Laternen hoch, die Statuen am Rande der Allee beleuchtend, zwei vor Eis und Rauhreif glitzernde Bellonas, römische Kriegsgöttinnen, sowie den vereisten, reglosen alten Park. Ein letztes Mal schlug Tatjana Iwanowna das Kreuz über dem Schlitten und der Landstraße; die jungen Leute riefen sie, hielten ihr lachend ihre heißen, vom Nachtwind gepeitschten Wangen hin. «Also, leb wohl, bleib gesund, Mütterchen, wir kommen wieder, hab keine Angst ...»

Der Kutscher ergriff die Zügel, stieß eine Art Schrei aus, einen schrillen, sonderbaren Pfiff, und die Pferde setzten sich in Bewegung. Einer der Diener stellte die Laterne auf den Boden und gähnte.

«Sie bleiben hier, Großmutter?»

Die alte Frau antwortete nicht. Sie gingen weg. Sie sah, wie nacheinander die Lichter der Terrasse und des Vestibüls erloschen. Im Haus hatten sich Nikolai Alexandrowitsch und seine Gäste zum Abendessen wieder an den Tisch gesetzt. Mechanisch nahm Nikolai Alexandrowitsch dem Diener eine Flasche Champagner aus der Hand. «Warum trinkt ihr nicht?» murmelte er mühsam. «Es muß getrunken werden.»

Behutsam füllte er die gereichten Gläser; seine Hände zitterten ein wenig. Ein dicker Mann mit gefärbtem Schnurrbart, General Sedow, trat an ihn heran und flüsterte ihm ins Ohr: «Machen Sie sich keine Gedanken, mein Lieber. Ich habe mit Seiner Hoheit gesprochen. Er wird ein Auge auf sie haben, seien Sie beruhigt.»

Nikolai Alexandrowitsch zuckte leicht die Achseln. Auch er war nach Sankt Petersburg gefahren ... er hatte Briefe und Audienzen erhalten. Er hatte mit dem Großherzog gesprochen.

Als könnte er die Kugeln aufhalten, oder die Ruhr ... «Wenn die Kinder groß geworden sind, kann man bloß noch die Arme verschränken und das Leben seinen Gang gehen lassen ... Und trotzdem regt man sich noch auf, man rennt herum, man stellt sich alles mögliche vor, auf mein Wort. Ich werde alt», dachte er plötzlich, «alt und feige. Krieg? ... Mein Gott, hätte ich mir mit zwanzig ein schöneres Los erträumen können?»

Laut sagte er: «Danke, Michail Michailowitsch ... Was wollen Sie? Sie werden es machen wie alle andern. Nur Gott beschert uns den Sieg.»

Der alte General wiederholte mit Inbrunst: «Möge es Gottes Wille sein!» Die anderen, die Jungen, die an der Front gewesen waren, schwiegen. Einer von ihnen öffnete mechanisch das Klavier, schlug ein paar Töne an.

«Tanzt, Kinder», sagte Nikolai Alexandrowitsch.

Er setzte sich an den Bridgetisch und winkte seine Frau heran. «Du solltest dich ausruhen, Nelly. Schau doch, wie blaß du bist.»

«Du auch», sagte sie leise.

Stumm drückten sie sich die Hand. Jelena

Wassiljewna ging hinaus, und der alte Karin nahm die Karten und begann zu spielen, wobei er von Zeit zu Zeit mit abwesender Miene an den silbernen Kerzenmanschetten des Leuchters herumfingerte.

KAPITEL II

Noch eine Weile lauschte Tatjana Iwanowna dem sich entfernenden Schellengeläut. «Sie fahren schnell», dachte sie. Sie blieb mitten auf der Allee stehen und drückte mit beiden Händen ihren Schal an ihr Gesicht. Der trockene, leichte Schnee drang wie Pulver in die Augen. Der Mond war aufgegangen, und die tief in den gefrorenen Boden eingegrabenen Spuren des Schlittens funkelten in blauem Schimmer. Der Wind drehte, und alsbald begann der Schnee kräftig zu fallen. Das leise Bimmeln der Glöckchen war verstummt; die mit Eis beladenen Tannen knackten in der Stille mit dem dumpfen Stöhnen einer menschlichen Anstrengung.

Die alte Frau ging langsam zum Haus zurück. Sie dachte an Kirill, an Juri mit einer Art schmerzlichen Verwunderung ... Der Krieg. Sie stellte sich vage ein Feld und galoppierende Pferde vor, Granaten, die wie reife Schoten zerplatzten. Wie auf einem Bild, das sie gesehen hatte ... Wo ...? Wahrscheinlich in einem Schulbuch, das die Kinder ausgemalt hatten. Welche Kinder ...? Diese da oder Nikolai Alexandrowitsch und seine Brüder ...? Manchmal, wenn sie sich matt fühlte wie in dieser Nacht, verwechselte sie sie in ihrer Erinnerung. Ein langer wirrer Traum ... Würde sie nicht wie früher von Kolinkas Schreien in der alten Kammer aufwachen ...?

Einundfünfzig Jahre ... Damals hatte auch sie einen Ehemann, ein Kind. Sie waren tot, alle beide ... Es war so lange her, daß sie sich zuweilen nur mit Mühe an ihre Gesichtszüge erinnern konnte. Ja, alles ging vorüber, alles lag in Gottes Hand.

Sie ging zu dem kleinen Andrej hinauf, dem jüngsten Kind der Karins, das sich in ihrer Obhut befand. Es schlief noch an ihrer Seite, in jenem großen Eckzimmer, in dem Nikolai Alexandrowitsch und, nach ihm, seine Geschwister gelebt hatten. Diese waren alle tot oder weit weggezogen. Das Zimmer schien viel zu groß und viel zu hoch zu sein für die wenigen Möbel, die noch blieben, das Bett von Tatjana Iwanowna und das Bettchen von Andrej mit den weißen Vorhängen und der zwischen den Gitterstäben hängenden kleinen alten Ikone. Eine Spielzeugkiste, ein altes kleines Holzpult, das einmal weiß gewesen war und das vierzig Jahre abgeschliffen und mit einer lackähnlichen zartgrauen Färbung überzogen hatten... Vier nackte Fenster, ein altes rotes Parkett... Tagsüber war das alles in eine Flut von Licht und Luft getaucht. Wenn die Nacht hereinbrach und es sonderbar still wurde, sagte Tatjana Iwanowna: «Es ist an der Zeit, daß andere kommen...»

Sie zündete eine Kerze an, die schwach die Zimmerdecke und die dort aufgemalten Engel mit den dicken, bösen Gesichtern beleuchtete, deckte die Flamme mit einer Papptüte ab und näherte sich Andrej. Er schlief fest, sein goldgelockter Kopf war tief in das Kissen gesunken. Sie berührte seine Stirn und seine kleinen auf dem Laken liegenden geöffneten Hände, setzte sich dann neben ihn an ihren gewohnten Platz. Nachts blieb sie stundenlang so sitzen, halbwach, strickend, eingelullt von der Wärme des Ofens, und dachte an die vergangenen Zeiten und an jenen Tag, an dem Kirill und Juri heiraten und andere kleine Kinder hier schlafen würden. Andrej würde bald fortgehen. Im Alter von sechs Jahren zogen die Knaben einen Stock tiefer, um mit den Hauslehrern und den Gouvernanten zu leben. Aber nie war das alte Zimmer lange leer geblieben. Kirill…? Oder Juri…? Oder vielleicht Lulu…? Sie betrachtete die Kerze, die in der Stille mit einem starken, eintönigen Geräusch knisternd abbrannte, bewegte sacht die Hand, als stieße sie eine Wiege an. «So Gott will, werde ich noch ein paar andere hier sehen», murmelte sie.

Es klopfte an der Tür. Sie stand auf, sagte mit leiser Stimme: «Sind Sie es, Nikolai Alexandrowitsch…?»

«Ja, Njanjuschka…

«Seien Sie leise, wecken Sie den Kleinen nicht auf…»

Er trat ein; sie nahm einen Stuhl und stellte ihn vorsichtig in die Nähe des Ofens.

«Sind Sie müde? Möchten Sie ein wenig Tee? Das Wasser ist schnell heiß gemacht.»

Er hielt sie zurück. «Nein. Laß nur. Ich brauche nichts.»

Sie hob die zu Boden gefallene Handarbeit auf, setzte sich wieder, bewegte rasch die glänzenden Nadeln.

«Sie haben uns schon lange nicht mehr besucht.»

Er antwortete nicht, streckte die Hände zu dem bullernden Ofen aus.

«Ist Ihnen kalt, Nikolai Alexandrowitsch?»

Leicht fröstelnd preßte er die Arme an seine Brust; wie früher rief sie aus: «Haben Sie sich wieder erkältet?»

«Aber nein, Mütterchen.»

Unzufrieden schüttelte sie den Kopf und schwieg. Nikolai Alexandrowitsch betrachtete Andrejs Bett.

«Schläft er?»

«Ja. Wollen Sie ihn sehen?»

Sie stand auf, nahm die Lampe und näherte sich Nikolai Alexandrowitsch. Er rührte sich nicht... Sie beugte sich vor, legte ihm rasch die Hand auf die Schulter.

«Nikolai Alexandrowitsch... Kolinka...»

«Laß mich», murmelte er.

Stumm wandte sie sich ab.

Es war besser, nichts zu sagen. Und bei wem konnte er seinen Tränen denn freien Lauf lassen, wenn nicht bei ihr?... Sogar Jelena Wassiljewna... Aber es war besser, nichts zu sagen... Leise trat sie in den Schatten zurück, sagte halblaut: «Warten Sie, ich mache ein wenig Tee, das wird uns beide aufwärmen...»

Als sie zurückkam, schien er sich beruhigt zu haben; er drehte mechanisch am Griff des Ofens, aus dem mit einem leisen sandigen Geräusch der Gips rieselte.

«Sieh nur, Tatjana, wie oft habe ich dir gesagt, diese Löcher stopfen zu lassen ... Sieh nur, sieh», sagte er und zeigte auf eine Kakerlake, die über den Fußboden lief, «da kommen sie raus. Glaubst du, das ist gesund für ein Kinderzimmer?»

«Sie wissen doch genau, daß das in einem Haus ein Zeichen für Wohlstand ist», sagte Tatjana Iwanowna achselzuckend. «Gott sei Dank hat es hier immer welche gegeben, und Sie sind hier groß geworden und andere vor Ihnen.» Sie drückte ihm das Glas Tee in die Hand, das sie gebracht hatte, rührte mit dem Löffel um.

«Trinken Sie, solange er heiß ist. Ist genug Zucker drin?»

Er antwortete nicht, trank mit müder, abwesender Miene einen Schluck und stand abrupt auf.

«Also dann, gute Nacht, laß den Ofen reparieren, hörst du?»

«Wenn Sie wollen.»

«Leuchte mir.»

Sie nahm die Kerze, ging mit ihm bis zur Tür. Sie stieg als erste die drei Stufen der Schwelle hinunter, deren locker gewordene rosa Backsteine wackelten und sich auf einer Seite absenkten, wie von einem Gewicht zur Erde gezogen.

«Passen Sie auf... Werden Sie jetzt schlafen?»

«Schlafen... Ich bin traurig, Tatjana, meine Seele ist traurig...»

«Gott wird die beiden beschützen, Nikolai Alexandrowitsch. Man stirbt in seinem Bett, und Gott beschützt den Christen inmitten der Kugeln...»

«Ich weiß, ich weiß...»

«Man muß Gott vertrauen.»

«Ich weiß», wiederholte er. «Aber es ist nicht nur das...»

«Was noch?»

«Alles geht schlecht, Tatjana, das kannst du nicht verstehen.»

Sie schüttelte den Kopf. «Gestern ist auch mein Großneffe, der Sohn meiner Nichte aus Sucharewo, für diesen verfluchten Krieg eingezogen worden. Außer ihm gibt es keinen anderen Mann mehr in der Familie, da der Älteste letzte Pfingsten gefallen ist. Es bleiben nur noch eine Frau und ein kleines Mädchen im Alter unseres Andrej… Und wie das Feld bestellen…? Jeder hat seinen Packen Elend zu tragen.»

«Ja, es ist eine traurige Zeit… Und möge Gott…» Er unterbrach sich, sagte plötzlich: «Also dann, gute Nacht, Tatjana.»

«Gute Nacht, Nikolai Alexandrowitsch.»

Sie wartete, bis er durch den Salon gegangen war, und blieb reglos stehen, hörte das Parkett unter seinen Schritten knarren. Sie öffnete das in die Fensterscheibe eingelassene kleine Guckloch. Es blies ein heftiger eisiger Wind, der an ihrem Schal und den wirren Strähnen ihres Haars zerrte. Die alte Frau lächelte, schloß die Augen. Sie war auf dem Land weit entfernt von den Karins geboren worden, im Norden Rußlands, und für sie hatte es nie genug Eis, nie genug Wind geben können. «Bei uns zerbrachen wir das Eis im Frühjahr mit unseren nackten Füßen, und das würde ich auch heute noch tun», sagte sie.

Sie schloß das kleine Fenster; man hörte das Pfeifen des Windes nicht mehr. Es blieben nur noch das schwache Geräusch des in den alten Mauern rieselnden Gipses mit seinem Sanduhrgeflüster und das dumpfe, tiefe Knacken des von den Ratten zernagten alten Holzwerks…

Tatjana Iwanowna ging in ihr Zimmer zurück, betete lange und entkleidete sich. Es war spät. Sie blies die Kerze aus, seufzte, sagte mehrmals mit lauter Stimme in der Stille «Mein Gott, mein Gott…» und schlief ein.

KAPITEL III

Als Tatjana Iwanowna die Türen des leeren Hauses geschlossen hatte, stieg sie zu der kleinen Aussichtsterrasse auf dem Dach hinauf. Es war eine stille, schon warme Mainacht. Sucharewo brannte; undeutlich sah man die Flammen sprühen, und man hörte vom Wind herbeigetragene ferne Schreie.

Die Karins waren vor fünf Monaten, im Januar 1918, geflohen, und seitdem hatte Tatjana Iwanowna am Horizont Dörfer aufflammen, erlöschen und wieder lodern sehen, jedesmal wenn sie von den Roten in die Hände der Weißen und dann wieder in die der Roten fielen. Doch noch nie war die Feuersbrunst so nahe gewesen wie an diesem Abend; der Widerschein der Flammen erleuchtete den verlassenen Park so hell, daß man bis hin zu den am Vortag aufgeblühten Fliederbüschen der großen Allee sehen konnte. Die vom Licht getäuschten Vögel flogen wie am hellichten Tag ... Die Hunde bellten. Dann drehte der Wind und verwehte den Lärm des Feuers und seinen Geruch. Der alte verlassene Park wurde wieder ruhig und dunkel, und der Duft des Flieders erfüllte die Luft.

Tatjana Iwanowna wartete eine Weile, seufzte dann und ging hinunter. Unten waren die Teppiche und Wandbehänge entfernt worden. Die Fenster waren mit Brettern vernagelt und durch Eisenstangen geschützt. Das Silber lag in Koffern verstaut in den Kellern; das wertvolle Porzellan hatte sie in dem alten, verwilderten Teil des Obstgartens vergraben lassen. Einige Bauern hatten ihr geholfen: Sie meinten, daß alle diese Reichtümer ihnen später zufallen würden ... Zur Zeit sorgten sich die Menschen um das Hab und Gut des Nächsten nur, um sich seiner zu bemächtigen ... Deshalb würden sie den Kommissaren aus Moskau nichts verraten, und später würde man schon sehen ... Im übrigen hätte sie ohne die Bauern auch gar nichts tun können ... Sie war allein, denn die Dienstboten waren seit langem aus dem Haus. Der Koch Antip, der letzte, war bis März bei ihr geblieben, dem Monat, in dem er starb. Er hatte den Schlüssel zum Keller, und er verlangte nichts anderes. «Du tust unrecht daran, keinen Wein zu trinken, Tatjana», sagte er, «das tröstet über alles Elend hinweg. Schau, wir sind allein, herrenlos wie Hunde, und ich spucke auf alles, alles ist mir egal, solange ich Wein habe …» Aber sie hatte noch nie gern getrunken. Eines Abends, es war während der letzten Märzstürme, saßen sie beide in der Küche, und er hatte angefangen zu phantasieren, sich an seine Soldatenzeit zu erinnern. «Sie sind gar nicht so dumm, die Jungen, mit ihrer Revolution. Jeder kommt mal dran … Sie haben genug von unserm Blut getrunken, die Dreckschweine, die verfluchten Barins …» Sie antwortete nicht. Wozu? Er hatte gedroht, das Haus anzuzünden, den Schmuck und die versteckten Ikonen zu verkaufen … Er hatte eine Weile auf diese Weise deliriert, und plötzlich hatte er eine Art Klageschrei ausgestoßen und gerufen: «Alexander Kirillowitsch, warum hast du uns im Stich gelassen, Barin?» Ein Schwall von Erbrochenem, schwarzem Blut und Alkohol war aus seinem Mund geflossen; bis zum Morgen hatte er mit dem Tod gerungen, und er war gestorben.

Tatjana Iwanowna befestigte die Eisenketten an den Türen des Salons und ging durch den kleinen Nebeneingang der Galerie auf die Terrasse. Die Statuen steckten noch immer in ihren Bretterkisten; man hatte sie im September 1916 weggesperrt und dort vergessen. Sie betrachtete das Haus: Die zarte gelbe Farbe des Steins war durch die Schneeschmelzen schwarz geworden; unter den Akanthusblättern bröckelte der Stuck ab und zeigte weißliche Flecken wie Spuren von Kugeln. In der Orangerie waren Scheiben vom Wind zerbrochen worden. «Wenn das Nikolai Alexandrowitsch sähe ...»

Sie machte ein paar Schritte in der Allee und blieb stehen, die Hände an ihr Herz pressend. Eine Männergestalt stand vor ihr. Einen Augenblick schaute sie, ohne dieses bleiche, erschöpfte Gesicht unter dem Soldatenhelm zu erkennen, sagte dann mit zitternder Stimme: «Bist du es? Bist du es, Jurotschka ...»

«Aber ja», sagte er mit einem seltsamen Ausdruck, zögernd und kalt, «willst du mich diese Nacht verstecken?»

«Sei unbesorgt», sagte sie wie früher. Sie gingen ins Haus, in die leere Küche; sie zündete eine Kerze an, leuchtete Juri ins Gesicht.

«Wie du dich verändert hast, Herrgott ...! Bist du krank?»

«Ich hatte Typhus», sagte er mit langsamer,

heiserer Stimme, «und ich war krank wie ein Hund, hier ganz in der Nähe, in Temnaja … Aber ich hatte Angst, es dich wissen zu lassen. Mir droht die Verhaftung und die Todesstrafe», fuhr er im selben eintönigen, kalten Tonfall fort. «Ich möchte trinken …»

Sie stellte ihm Wasser hin und kniete nieder, um die schmutzigen, blutigen Lumpen aufzuknoten, die seine nackten Füße umhüllten.

«Ich bin lange marschiert», sagte er.

Sie hob den Kopf, fragte: «Warum bist du hergekommen? Die Bauern hier sind wahnsinnig.»

«Ach, es ist überall das gleiche. Als ich aus dem Gefängnis kam, waren die Eltern schon nach Odessa gereist. Wohin sollte ich gehen? Die Leute kommen und gehen, die einen nach Norden, die andern nach Süden …»

Er zuckte die Achseln, sagte gleichgültig: «Es ist überall das gleiche …»

«Du warst im Gefängnis?» murmelte sie, die Hände zusammenschlagend.

«Sechs Monate.»

«Warum?»

«Das weiß nur der Teufel …» Er verstummte, blieb reglos sitzen, fuhr dann mühsam fort: «Ich habe Moskau verlassen … Eines Tages bin ich in einen Sanitätszug gestiegen, und die Krankenpfleger haben mich versteckt. Ich hatte noch Geld... Ich bin sechs Tage lang mit ihnen gereist. Dann bin ich marschiert... Aber ich hatte Typhus bekommen. Ich bin in einem Acker hingefallen, in der Nähe von Temnaja. Leute haben mich aufgelesen. Ich bin eine Weile bei ihnen geblieben, aber als dann die Roten näherrückten, haben sie Angst gekriegt, und ich bin gegangen.»

«Wo ist Kirill?»

«Er ist mit mir eingesperrt worden. Aber er konnte entkommen, er ist zu den Eltern in Odessa gestoßen, man hat mir einen Brief übergeben lassen, als ich noch im Gefängnis war... Als ich entlassen wurde, waren sie schon seit drei Wochen weg. Ich habe nie Glück gehabt, Mütterchen Njanjuschka», sagte er lächelnd mit seiner spöttischen, resignierten Miene. «Sogar im Gefängnis war Kirill mit einer schönen jungen Frau in der Zelle, einer französischen Schauspielerin, und ich mit einem alten Juden.»

Er lachte und hielt inne, gleichsam selber erstaunt über den dumpfen, brüchigen Ton seiner Stimme. Er legte die Wange auf seine Hand, seufzte: «Ich bin so froh, daß ich hier im Haus bin, Njanjuschka», und unvermittelt schlief er ein.

Er schlief einige Stunden, ohne daß sie sich rührte, während sie ihm gegenübersaß und ihn anschaute; still rannen Tränen über ihr altes blasses Gesicht. Ein wenig später weckte sie ihn, führte ihn hinauf ins Kinderzimmer, brachte ihn zu Bett. Er fieberte etwas. Er sprach mit lauter Stimme, berührte mit dem Finger nacheinander die Stelle zwischen den Gitterstäben von Andrejs Bett, wo die Ikone gehangen hatte, und den Kalender an der Wand, den noch ein farbiges Porträt des Zaren schmückte, wie zur Zeit seiner Kindheit. Er deutete mit dem Finger auf das Blatt, das das Datum des 18. Mai 1918 trug, wiederholte: «Ich verstehe nicht, ich verstehe nicht...»

Dann betrachtete er lächelnd die sacht schwingende Gardine, den Park, die vom Mond beschienenen Bäume und jene Stelle nahe dem Fenster, wo das alte Parkett eine leichte Mulde bildete; das schwache Licht des Mondes füllte sie und bewegte sich, schwankte wie eine Milchlache. Wie oft war er aufgestanden, wenn sein Bruder schlief, war dann auf dem Boden sitzen geblieben, um dem Akkordeon des Kutschers, dem erstickten Lachen der Mägde zu lauschen... Der Flieder roch stark, wie in dieser Nacht... Er spitzte die Ohren, horchte unwillkürlich auf die in der Stille seufzenden Klänge des Akkordeons. Doch nur ein leises, schwaches Grollen drang mitunter durch die Luft. Er setzte sich auf, berührte die Schulter von Tatjana Iwanowna, die im Dunkeln neben ihm saß.

«Was ist das?»

«Ich weiß nicht. Man hört es seit gestern. Es ist der Donner, vielleicht der Maidonner.»

«Das?» sagte er. Er lachte plötzlich, sie mit seinen geweiteten Augen ansehend, die durch das Fieber bleich wirkten und in denen eine Art hartes Licht brannte. «Das ist die Kanone, Mütterchen!... Ich dachte es mir schon... Es wäre zu schön...»

Er sprach diese wirren, von Gelächter unterbrochenen Worte, sagte dann deutlich: «Ruhig in diesem Bett zu sterben, ich bin müde...»

Am Morgen war das Fieber gefallen; er wollte aufstehen, in den Park hinausgehen, die laue, reine Frühlingsluft atmen, wie früher... Nur das hatte sich nicht verändert... Der verlassene Park voller Unkraut sah jammervoll und traurig aus. Er betrat den kleinen Pavillon, legte sich auf den

Boden, spielte mechanisch mit den Scherben der bemalten Glasscheiben, durch die er das Haus betrachtete. Eines Nachts im Gefängnis, als er täglich auf seine Hinrichtung wartete, hatte er im Traum das Haus wiedergesehen, so wie es ihm heute von den Fenstern des kleinen Pavillons aus erschien, jedoch offen, die Terrassen voller Blumen. In seinem Schlaf hatte er sogar das Trippeln der Ringeltauben auf dem Dach wahrgenommen. Er war plötzlich aufgewacht und hatte gedacht: «Morgen kommt der Tod, ganz bestimmt. Nur vor dem Sterben kann man sich so deutlich erinnern ...»

Der Tod. Er fürchtete ihn nicht. Aber in diesem Revolutionsgetöse aus dem Leben zu scheiden, von allen vergessen, allein gelassen ... Blödsinnig, das alles ... Immerhin war er noch nicht tot ... Wer weiß? Vielleicht würde er davonkommen. Dieses Haus ... Er hatte wirklich geglaubt, es nie wiederzusehen, und jetzt war es da, und diese Scherben bemalter Glasscheiben, die der Wind immer zerbrach und mit denen er als Kind gespielt und sich dabei die Hügel Italiens vorgestellt hatte ... wahrscheinlich wegen ihrer violettroten Farbe von Blut und schwarzem Wein ... Dann kam Tatjana Iwanowna herein und sagte: «Deine Mutter ruft dich, mein Herz ...»

Auch jetzt kam Tatjana Iwanowna herein, einen Teller mit Kartoffeln und Brot in der Hand.

«Wie kommst du mit dem Essen zurecht?»

«In meinem Alter braucht man nicht viel. Ich habe immer Kartoffeln gehabt, und im Dorf gibt es manchmal Brot ... Es hat mir nie an etwas gefehlt.»

Sie kniete sich neben ihn hin, gab ihm zu essen und zu trinken, als wäre er zu schwach gewesen, die Speisen an seine Lippen zu führen.

«Juri ... wenn du jetzt fortgingst?»

Er runzelte die Brauen, sah sie ohne zu antworten an.

Sie sagte: «Du könntest zum Haus meines Neffen gehen, er wird dir nichts antun: Wenn du Geld hast, würde er dir helfen, Pferde aufzutreiben, und du könntest nach Odessa fahren. Ist das weit?»

«Drei, vier Tage mit der Eisenbahn, in normalen Zeiten ... Jetzt ... Gott weiß ...»

«Was tun? Gott würde dir beistehen. Du könntest zu den Eltern gehen und ihnen das hier geben. Ich wollte es nie jemandem anvertrauen», sagte sie und deutete auf den Saum ihres

Kleides, «das sind die Diamanten des großen Colliers deiner Mutter. Vor ihrer Abreise hatte sie mir aufgetragen, sie zu verstecken. Sie konnten nichts mitnehmen, sie sind in jener Nacht weggefahren, in der die Roten Temnaja eingenommen haben, und sie fürchteten, verhaftet zu werden … Wie leben sie jetzt?»

«Vermutlich schlecht», sagte er, matt die Achseln zuckend. «Na ja, morgen werden wir weitersehen. Aber du machst dir Illusionen, es ist überall das gleiche, und hier kennen mich wenigstens die Bauern, ich habe ihnen nie etwas zuleide getan …»

«Wer kann wissen, wie es in der Seele der Hunde aussieht?» grummelte sie.

«Morgen, morgen», wiederholte er, die Augen schließend, «morgen sehen wir weiter. Es tut so gut, hier zu sein, mein Gott …»

So verging der Tag. Gegen Abend kehrte er ins Haus zurück. Es war ein schöner Abend, klar und ruhig wie am Vortag. Er machte einen Umweg, ging am Teich entlang; im Herbst hatten die Büsche an seinem Ufer ihre Blätter abgeworfen, und er war noch mit einer dicken Schicht Laub bedeckt, das unter dem Eis liegengeblieben war. Die Fliederblüten sanken als leichter Regen herab; man sah kaum das schwarze Wasser, das stellenweise schwach schimmerte.

Er betrat das Haus, stieg ins Kinderzimmer hinauf. Tatjana Iwanowna hatte den Tisch vor dem offenen Fenster gedeckt; er erkannte eines der kleinen Tischtücher aus feinem Stoff wieder, die speziell den Kindern vorbehalten waren, wenn sie während ihrer kurzen Krankheiten in ihrem Zimmer aßen, und die Gabel, das Messer aus vergoldetem Silber, den alten kleinen Becher, der seinen Glanz verloren hatte.

«Iß, trink, mein Herz. Ich habe für dich eine Flasche Wein aus dem Keller geholt, und früher mochtest du die in Asche gebackenen Kartoffeln.»

«Seitdem ist mir der Geschmack daran vergangen», sagte er lachend, «trotzdem danke, Mütterchen.»

Die Nacht brach herein. Er ließ eine Kerze anzünden, stellte sie auf eine Ecke des Tischs. Die Flamme brannte, gerade und durchsichtig in der ruhigen Nacht. Welche Stille ...

Er fragte: «Njanjuschka? Warum bist du nicht mit den Eltern gegangen?»

«Jemand mußte doch bleiben, um das Haus zu hüten.»

«Glaubst du?» sagte er mit einer Art traurigen Melancholie. «Und für wen, mein Gott?»

Sie schwiegen. Wieder fragte er: «Möchtest du nicht zu ihnen?»

«Ich werde zu ihnen gehen, wenn sie mich rufen lassen. Ich werde den Weg schon finden; ich bin nie unbeholfen gewesen, auch nicht einfältig, Gott sei Dank... Aber was wird dann aus dem Haus...?»

Plötzlich unterbrach sie sich, sagte leise: «Hör nur...!»

Jemand klopfte unten. Hastig standen beide auf.

«Versteck dich, versteck dich, um Gottes willen, Juri...!»

Juri trat ans Fenster, sah vorsichtig hinaus. Der Mond war aufgegangen. Er erkannte den in der Mitte der Allee stehenden Jungen; er war ein paar Schritte zurückgetreten und rief: «Juri Nikolajewitsch! Ich bin's, Ignat...!»

Es war ein junger Kutscher, der im Haus der Karins groß geworden war. Juri hatte in seiner Kindheit mit ihm gespielt... Er war es, der während der Sommernächte im Park gesungen und sich auf dem Akkordeon begleitet hatte... «Wenn der mir übelwill», dachte Juri plötzlich, «dann mag alles zum Teufel gehen und ich mit dazu!» Er lehnte sich aus dem Fenster, rief: «Komm rauf, Alter ...»

«Ich kann nicht, die Tür ist verbarrikadiert.»

«Geh runter und mach auf, Njanja, er ist allein.»

Sie flüsterte: «Was hast du getan, Unglücklicher?»

Er machte eine müde Handbewegung. «Es kommt, wie es kommen muß ... Außerdem hatte er mich gesehen ... Komm schon, mach ihm auf, Mütterchen ...»

Sie blieb stehen, ohne sich zu rühren, zitternd und stumm. Er ging zur Tür. Sie hielt ihn zurück, das Blut war jäh in ihre Wangen zurückgekehrt.

«Was tust du? Es ist nicht deine Sache, dem Kutscher die Tür zu öffnen. Warte auf mich.»

Er zuckte stumm die Achseln und setzte sich wieder. Als sie mit Ignat zurückkam, stand er auf und ging ihnen entgegen. «Guten Tag, ich freue mich, dich zu sehen.»

«Ich auch, Juri Nikolajewitsch», sagte der Junge lächelnd. Er hatte ein rosiges und volles gutmütiges Gesicht.

«Hast du genug zu essen gehabt?»

«Gott hat mir geholfen, Barin.»

«Spielst du noch Akkordeon wie früher?»

«Gelegentlich ...»

«Ich werde dich noch hören ... Ich bleibe eine Zeitlang hier ...»

Ignat antwortete nicht; er lächelte noch immer, seine breiten glänzenden Zähne zeigend.

«Willst du etwas trinken? Gib uns ein Glas, Tatjana.»

Die alte Frau gehorchte mißmutig.

Der Junge trank. «Auf Ihre Gesundheit, Juri Nikolajewitsch.»

Sie schwiegen. Tatjana Iwanowna trat vor: «Es ist gut. Geh jetzt. Der junge Barin ist müde.»

«Sie müßten trotzdem mit mir ins Dorf kommen, Juri Nikolajewitsch ...»

«Ach, und warum?» murmelte Juri mit unwillkürlich versagender Stimme, «warum, Alter?»

«Es muß sein.»

Tatjana Iwanowna schien mit einemmal vorzuspringen, und auf dem blassen friedfertigen Gesicht erblickte Juri plötzlich einen so wilden, so sonderbaren Ausdruck, daß er erschauerte und mit einer Art Verzweiflung sagte: «Laß. Sei still, ich flehe dich an. Laß, das macht doch nichts ...»

Sie schrie, ohne ihm zuzuhören, die mageren Hände ausgestreckt wie Krallen: «Ah, verfluchter Teufel, Hundesohn! Glaubst du, ich sehe nicht deine Gedanken in deinen Augen? Und wer bist du, daß du deinem Herrn Befehle erteilst?»

Er wandte ihr ein völlig verändertes Gesicht mit funkelnden Augen zu, schien sich dann zu beruhigen, sagte gleichgültig: «Sei still, Großmutter... Ein paar Leute im Dorf wollen Juri Nikolajewitsch sehen, das ist alles...»

«Weißt du wenigstens, was sie von mir wollen?» fragte Juri. Er fühlte sich mit einemmal sehr müde und hatte nur einen einzigen aufrichtigen, tiefen Wunsch: sich hinzulegen und lange zu schlafen.

«Wegen der Aufteilung des Weins mit Ihnen reden. Wir haben Befehle aus Moskau erhalten.»

«Ah, das ist es also? Mein Wein hat dir geschmeckt, wie ich sehe. Aber ihr hättet doch bis morgen warten können, weißt du.»

Er ging zur Tür, Ignat hinter ihm. Auf der Schwelle blieb er stehen. Eine Sekunde lang schien Ignat zu zögern, und auf einmal, mit der gleichen Bewegung, mit der er früher die Peitsche ergriffen hatte, hob er die Hand zum Gürtel, zog die Mauser und gab zwei Schüsse ab. Der eine traf Juri zwischen den Schultern; er stieß eine Art verwunderten Schrei aus, stöhnte. Eine zweite Kugel drang in den Nacken, tötete ihn auf der Stelle.

KAPITEL IV

Einen Monat nach Juris Tod machte ein Vetter der Karins, ein vor Hunger und Erschöpfung halbtoter alter Mann, von Odessa nach Moskau unterwegs, um seine Frau zu suchen, die während der Beschießung vom April verschwunden war, eines Nachts Rast bei Tatjana Iwanowna. Er brachte ihr Nachrichten von Nikolai Alexandrowitsch und seinen Angehörigen und gab ihr deren Adresse. Sie waren bei guter Gesundheit, lebten jedoch kümmerlich. «Wenn du jemand Zuverlässigen finden könntest ...», er zögerte, «der ihnen bringt, was sie zurückgelassen haben ...?»

Die alte Frau brach nach Odessa auf, den Schmuck im Saum ihres Rocks. Drei Monate lang wanderte sie die Landstraßen entlang, wie zur Zeit ihrer Jugend, als sie nach Kiew pilgerte, stieg manchmal in Züge voll hungriger Menschen, die gen Süden zu fahren begannen. An einem Septemberabend trat sie bei den Karins ein. Nie sollten sie den Augenblick vergessen, als sie an die Tür geklopft hatte und sie sie auftauchen sahen mit ihrer starren, ruhigen Miene, ihr Bündel auf dem Rücken, während die Diamanten gegen ihre müden Beine schlugen, weder ihr bleiches Gesicht, aus dem alles Blut gewichen zu sein schien, noch ihre Stimme, mit der sie ihnen Juris Tod mitgeteilt hatte.

Sie wohnten in einem dunklen Zimmer im Hafenviertel; Kartoffelsäcke waren vor die Scheiben gehängt worden, um den Aufprall der Kugeln abzufangen. Jelena Wassiljewna lag auf einer auf den Boden geworfenen alten Matratze, und Lulu und Andrej spielten Karten im Licht eines kleinen Kochers, in dem drei Stück Kohle glommen. Es war schon kalt, und der Wind drang durch die zerbrochenen Fensterscheiben. Kirill schlief in einer Ecke, und Nikolai Alexandrowitsch begann hier mit dem, was später zur Hauptbeschäftigung seines ganzen Lebens werden sollte, nämlich mit hinter dem Rücken verschränkten Armen von einer Wand zur andern zu wandern und dabei an all das zu denken, was nicht wiederkommen würde.

«Warum haben sie ihn getötet?» fragte Lulu.

«Warum, Herrgott, warum?» Tränen rannen über ihr verändertes, gealtertes Gesicht.

«Sie fürchteten, er könnte ihnen das Land wieder wegnehmen. Aber sie sagten, er sei immer ein guter Barin gewesen und man habe ihm das Elend eines Gerichtsurteils und einer Hinrichtung ersparen wollen, und es sei besser gewesen, ihn auf diese Weise zu töten ...»

«Die Feiglinge, die Hunde», schrie Kirill plötzlich, «ihm eine Kugel in den Rücken zu jagen! Verfluchte Bauern ...! Zu unserer Zeit hat man euch doch kaum gepeitscht ...!» Mit einer Art Haß zeigte er der alten Frau die Faust: «Hörst du? Hörst du?»

«Ich höre», sagte sie, «aber wozu beklagen, daß er so oder anders gestorben ist? Gott hat ihn auch ohne Sakramente zu sich genommen, das habe ich an seinem friedlichen Gesicht gesehen. Möge Gott uns allen ein so ruhiges Ende gewähren ... Er hat nichts gesehen, er hat nicht gelitten.»

«Ach, du verstehst nicht.»

«So ist alles besser», wiederholte sie.

Es war das letzte Mal, daß sie Juris Namen laut aussprach; sie schien ihre alten Lippen für immer über ihn geschlossen zu haben. Wenn die anderen von ihm sprachen, antwortete sie nicht, blieb stumm und kalt, mit einer Art eisiger Verzweiflung ins Leere starrend.

Es wurde ein sehr harter Winter. Es fehlte ihnen an Brot, an Kleidern. Nur der von Tatjana mitgebrachte Schmuck verhalf ihnen manchmal zu ein wenig Geld. Die Stadt brannte; der Schnee fiel leise und bedeckte die verkohlten Balken der zerstörten Häuser, die Kadaver der Menschen und die der zerstückelten Pferde. Andere Male veränderte sich die Stadt; es trafen Vorräte an Fleisch, Obst, Kaviar ein ... Gott weiß, wie ... Das Kanonenfeuer verstummte, und das Leben fing wieder an, unsicher und berauschend. Berauschend ... das empfanden jedoch nur Kirill und Lulu ... Später sollten ihnen bestimmte Nächte, Bootsfahrten mit anderen jungen Leuten, der Geschmack der Küsse, des Windes, der bei Tagesanbruch über die aufgewühlten Wellen des Schwarzen Meers blies, unauslöschlich in Erinnerung bleiben.

Der lange Winter ging vorüber, noch ein Sommer und der folgende Winter, in dem die Hungersnot so groß wurde, daß die toten kleinen Kinder haufenweise in alten Säcken beerdigt wurden. Die Karins lebten. Im Mai konnten sie das letzte französische Schiff besteigen, das

Odessa verließ, um Konstantinopel, dann Marseille zu erreichen.

Am 28. Mai 1920 gingen sie im Hafen von Marseille von Bord. In Konstantinopel hatten sie den letzten ihnen verbliebenen Schmuck verkauft, und sie besaßen noch ein wenig Geld, das sie aus alter Gewohnheit in ihre Gürtel genäht hatten... Sie waren in Lumpen gekleidet, und sie hatten sonderbare und erschreckende, elende, harte Gesichter. Die Kinder wirkten trotz allem fröhlich; sie lachten mit einer Art düsteren Leichtigkeit, die die Alten um so mehr ihre eigene Müdigkeit spüren ließ.

Die klare Mailuft war gesättigt von einem Geruch nach Blumen und Pfeffer. Die Menge bewegte sich gemächlich, blieb vor den Schaufenstern stehen, lachte und sprach mit lauter Stimme. Die Lichter, die Musik in den Cafés, das alles wirkte bizarr wie in einem Traum.

Während Nikolai Alexandrowitsch die Hotelzimmer reservierte, blieben die Kinder und Tatjana Iwanowna einen Moment lang draußen. Lulu streckte ihr blasses Gesicht vor, schloß die Augen, sog tief die duftende Abendluft ein. Die großen elektrischen Lampenglocken erhellten die Straße mit einem diffusen blauen Licht; in

Gruppen stehende dünne Bäume bewegten ihre Zweige. Vorbeikommende Matrosen betrachteten lachend das regungslose hübsche Mädchen. Einer von ihnen warf ihr sachte einen Mimosenzweig zu. Lulu fing an zu lachen. «Was für ein schönes, bezauberndes Land», sagte sie, «welch ein Traum, Njanjuschka, sieh nur ...»

Aber die alte Frau saß auf einer Bank und schien zu dösen, ihr Taschentuch um das weiße Haar gebunden und die Hände auf den Knien verschränkt. Doch Lulu sah, daß ihre Augen geöffnet waren und starr geradeaus sahen. Sie berührte ihre Schulter: «Njanjuschka? Was hast du?»

Tatjana Iwanowna zuckte zusammen, erhob sich. Im selben Augenblick winkte Nikolai Alexandrowitsch sie alle herbei.

Sie traten ein, durchquerten langsam die Hotelhalle, wobei sie die neugierigen Blicke in ihrem Rücken spürten. Der dicke Teppich, den sie nicht mehr gewohnt waren, schien wie Leim an ihren Sohlen zu kleben. Im Restaurant spielte eine Kapelle. Sie blieben stehen, lauschten der Jazzmusik, die sie zum erstenmal vernahmen, und sie empfanden eine Art vages Entsetzen, irrsinniges Entzücken. Es war eine andere Welt ...

Sie gingen auf ihre Zimmer, blieben lange an den Fenstern stehen, sahen den auf der Straße fahrenden Autos zu. Immer wieder sagten die Kinder: «Gehen wir raus, gehen wir raus, in ein Café, in ein Theater ...»

Sie nahmen ein Bad, bürsteten ihre Kleider aus, eilten zur Tür. Nikolai Alexandrowitsch und seine Frau folgten ihnen langsamer, mühsamer, jedoch ebenfalls vom Drang nach Freiheit und Luft verzehrt.

Auf der Schwelle drehte Nikolai Alexandrowitsch sich um. Lulu hatte das elektrische Licht gelöscht. Sie hatten die vor dem Fenster sitzende Tatjana Iwanowna vergessen. Das Licht einer vor dem kleinen Balkon angebrachten Gaslaterne beleuchtete ihren gesenkten Kopf. Regungslos schien sie zu warten. Nikolai Alexandrowitsch fragte: «Kommst du mit uns, Njanjuschka?»

Sie antwortete nicht.

«Hast du keinen Hunger?»

Sie schüttelte den Kopf, stand dann mit einemmal auf, nervös die Fransen ihres Schals flechtend.

«Soll ich die Koffer der Kinder auspacken? Wann reisen wir wieder ab?»

«Wir sind doch gerade erst angekommen»,

sagte Nikolai Alexandrowitsch. «Warum willst du wieder abreisen?»

«Ich weiß nicht», murmelte sie mit abwesender, erschöpfter Miene, «ich dachte ...»

Sie seufzte, breitete die Arme aus und sagte mit leiser Stimme: «Es ist gut.»

«Willst du mit uns kommen?»

«Nein, danke, Jelena Wassiljewna», sagte sie mühsam. «Nein, wirklich nicht ...»

Man hörte die Kinder im Flur rennen. Die alten Leute sahen sich stumm an und seufzten, dann machte Jelena Wassiljewna eine müde Handbewegung, ging hinaus, und nach ihr verließ auch Nikolai Alexandrowitsch den Raum, wobei er leise die Tür hinter sich zuzog.

KAPITEL V

Zu Beginn des Sommers trafen die Karins in Paris ein und mieteten eine kleine möblierte Wohnung in der Rue de l'Arc de Triomphe. Damals wurde Paris von der ersten Welle russischer Emigranten überflutet, die sich alle in Passy und der Umgebung des Etoile drängten, da sie instinktiv dem nahen Bois de Boulogne zustrebten. In jenem Jahr herrschte eine erstickende Hitze.

Die Wohnung war klein, dunkel, stickig; sie roch nach Staub, alten Stoffen. Die niedrigen Decken schienen auf den Köpfen zu lasten, und von den Fenstern aus sah man den engen, tiefen Hof mit seinen kalkweißen Mauern, die das Julilicht grausam zurückwarfen. Schon am Morgen schloß man die Läden und die Fenster, und bis zum Abend hielten sich die Karins in diesen vier dunklen Zimmern auf, ohne hinauszugehen, verwundert über die Geräusche von Paris, und atmeten beklommen die Abwasser- und Küchendünste ein, die vom Hof heraufdrangen. Sie gingen hin und her, von einer Wand zur andern, schweigend, so wie die Herbstfliegen, wenn die Hitze und das Licht des Sommers vorüber sind, mühsam, matt und gereizt über die Fensterscheiben kriechen, ihre toten Flügel nachziehend.

Tatjana Iwanowna, die den ganzen Tag in einer kleinen Wäschekammer am Ende der Wohnung saß, besserte die Kleider aus. Die Dienstmagd, ein normannisches Mädchen, rot und blühend, schwer wie ein Percheronpferd, öffnete manchmal die Tür einen Spaltbreit und schrie: «Langweilen Sie sich nicht?», da sie wohl meinte, die Ausländerin verstünde sie besser, wenn sie die Worte laut aussprach, so wie man sich an Taube wendet, und ihre schmetternde Stimme ließ den Porzellanlampenschirm erzittern.

Tatjana Iwanowna schüttelte vage den Kopf, und das Mädchen befaßte sich wieder mit seinen Kochtöpfen.

Andrej war in ein Pensionat am Meer geschickt worden, in der Bretagne. Ein wenig später ging auch Kirill fort. Er hatte seine Zellengenossin wiedergefunden, die französische Schauspielerin, die 1918 in Sankt Petersburg mit ihm im Gefängnis gewesen war. Sie wurde inzwischen großzügig ausgehalten. Es war ein weitherziges hübsches Mädchen, eine Blondine mit einem schönen schweren Körper, und vernarrt in Kirill... Das machte das Leben einfacher. Doch wenn er manchmal im Morgengrauen heimkam, konnte es geschehen, daß er den Hof unter seinen Fenstern betrachtete und sich wünschte, auf diesen rosa Pflastersteinen zu liegen, ein für allemal abgeschlossen zu haben mit der Liebe, dem Geld und ihren Komplikationen.

Dann ging das vorüber. Er kaufte schöne Kleider. Er trank. Ende Juni fuhr er mit seiner Geliebten nach Deauville.

Wenn in Paris gegen Abend die Hitze nachließ, gingen die Karins aus, in den Bois de Boulogne, in den Pavillon Dauphine. Die Eltern blieben dort, lauschten betrübt dem Klang der Kapellen, erinnerten sich an die Inseln und an die Gärten von Moskau, während Lulu und andere junge Mädchen und junge Männer auf den dunklen Alleen spazierengingen, Verse aufsagten und sich dem Spiel der Liebe hingaben.

Lulu war zwanzig Jahre alt. Sie war weniger schön als früher, mager, und hatte die schroffen Bewegungen eines Jungen, eine dunkle, rauhe Haut, verbrannt vom Wind der langen Überfahrt, einen sonderbaren, müden und grausamen Gesichtsausdruck. Sie hatte ihr wild bewegtes, bedrohtes, aufregendes Leben einmal gemocht. Nun aber zog sie all jenen Spaziergängen in der Pariser Dämmerung und den langen stillen Abenden in den Bistros die gut besuchten kleinen Kneipen vor mit ihrem Geruch nach Kreide, Alkohol und dem Lärm der Billardspieler im Hinterzimmer … Gegen Mitternacht begaben sie sich zu dem einen oder anderen nach Hause, und sie fingen von neuem zu trinken an, sich im Dunkeln zu liebkosen. Die Eltern schliefen; undeutlich hörten sie bis zum Tagesanbruch das Grammophon spielen. Sie sahen nichts oder wollten nichts sehen.

Eines Nachts verließ Tatjana Iwanowna ihr Zimmer, um Wäsche abzunehmen, die in der Wäschekammer trocknete; am Vortag hatte sie sie auf dem Badeofen vergessen, und außerdem mußten für Lulu ein Paar Strümpfe gestopft werden. Sie arbeitete oft in der Nacht. Sie brauchte wenig Schlaf, und schon um vier, fünf Uhr war sie auf den Beinen und schlich leise umher; niemals betrat sie das Wohnzimmer.

In jener Nacht hatte sie Schritte und Stimmen im Vestibül gehört; die Kinder waren vermutlich seit langem ausgegangen… Sie sah Licht unter der Tür des Wohnzimmers. «Sie haben wieder vergessen, das Licht zu löschen», dachte sie. Sie öffnete, und erst da hörte sie das Grammophon, das inmitten eines Bollwerks von Kissen spielte; die leise, keuchende Musik schien gleichsam durch eine Schicht Wasser zu dringen. Das Zimmer lag im Halbdunkel. Nur eine mit einem roten Tuch verschleierte Lampe beleuchtete das Sofa, auf dem Lulu lag und zu schlafen schien, das Kleid auf der Brust geöffnet, einen Knaben in ihren Armen, dessen zartes blasses Gesicht sich zurückbog. Die alte Frau trat näher. Sie schliefen tatsächlich, ihre Lippen berührten sich noch, ihre Gesichter schmiegten sich aneinander. Ein Geruch nach Alkohol und dichter Rauch erfüllten das Zimmer; Gläser, leere Flaschen, Schallplatten, volle Aschenbecher, Kissen, die noch die Form der Körper bewahrten, lagen auf dem Boden herum.

Lulu wachte auf, starrte Tatjana Iwanowna an, lächelte; ihre geweiteten, vom Wein und vom Fieber verdunkelten Augen hatten einen Ausdruck spöttischer Gleichgültigkeit und unendlicher Müdigkeit. Sanft flüsterte sie: «Was willst du?»

Ihr langes Haar hing auf den Teppich herab; sie versuchte den Kopf zu heben, stöhnte; die Hand des Jungen war in die wirren Strähnen gekrallt. Sie riß sie abrupt los, setzte sich auf.

«Was ist denn?» wiederholte sie ungeduldig.

Tatjana Iwanowna sah den Jungen an. Sie kannte ihn gut; sie hatte ihn oft bei den Karins gesehen, als er klein war; er hieß Fürst Georgi Andronikow, sie erinnerte sich an seine langen blonden Locken, an seine Spitzenkragen. «Wirf mir den da raus, und zwar sofort, hörst du?» sagte sie plötzlich, die Zähne zusammenbeißend, und ihr altes Gesicht war bleich und zitterte.

Lulu zuckte die Achseln. «Schon gut, sei still ... er geht ja gleich ...»

«Lulitschka», murmelte die alte Frau.

«Ja, ja, sei still, im Gottes willen ...»

Sie machte das Grammophon aus, zündete eine Zigarette an, warf sie gleich darauf wieder weg, befahl: «Hilf mir.»

Schweigend brachten sie das Zimmer in Ordnung, sammelten die Zigarettenkippen, die leeren Gläser ein; Lulu öffnet die Fensterläden, sog gierig den frischen Lufthauch ein, der aus den Kellern hochstieg.

«Ist das eine Hitze, was?»

Die alte Frau antwortete nicht, wandte mit einer Art Scheu die Augen ab.

Lulu setzte sich auf das Fensterbrett, fing an, sich summend sanft hin und her zu wiegen. Sie schien wieder nüchtern zu sein, krank; ihre bleichen Wangen erschienen als fahle Flecken unter dem Puder, den die Küsse verwischt hatten; die weiten umrandeten Augen, tief und leer, blickten geradeaus.

«Was hast du denn, Njanja? Es ist doch jede Nacht so», sagte sie schließlich mit ihrer ruhigen, vom Wein und vom Rauch heiseren Stimme. «Und in Odessa, mein Gott…? Auf dem Schiff…? Hast du denn nie etwas bemerkt?»

«Welche Schande», murmelte die alte Frau mit einem Ausdruck des Ekels und Schmerzes. «Welche Schande…! Deine Eltern, die nebenan schlafen…»

«Na und? Ach so, du bist verrückt, Njanja? Wir tun nichts Böses. Wir trinken ein bißchen, wir küssen uns, was ist da Schlimmes dabei? Glaubst du, die Eltern haben nicht dasselbe getan, als sie jung waren?»

«Nein, mein Mädchen.»

«Ach, und das glaubst du?»

«Auch ich bin jung gewesen, Lulitschka. Es ist

lange her, aber ich erinnere mich noch an das junge Blut, das in den Adern brannte. Glaubst du, das vergißt man? Und ich erinnere mich an deine Tanten, als sie zwanzig waren wie du. Es war in Karinowka, im Frühling ... Oh, was für eine schöne Zeit wir in jenem Jahr hatten ... Jeden Tag Spazierfahrten im Wald und auf dem Teich ... Und abends Bälle bei den Nachbarn oder bei uns ... Jede hatte ihren Liebsten, und so manches Mal fuhren alle im Mondschein mit der Troika weg ... Deine verstorbene Großmutter sagte: ‹Zu unserer Zeit ...› Aber sie wußten genau, daß es erlaubte und verbotene Dinge gab ... Am Morgen kamen sie manchmal zu mir in mein Zimmer und erzählten mir, was der eine und der andere gesagt hatte ... Und eines Tages haben sie sich dann verlobt, sie haben geheiratet, und sie haben mit ihrem Päckchen Unglück und Glück anständig gelebt, bis zu dem Tag, an dem Gott sie zu sich genommen hat ... Sie sind jung gestorben, wie du weißt, die eine im Kindbett und die andere, fünf Jahre später, an einem bösen Fieber ... O ja, ich erinnere mich ... Wir hatten die schönsten Pferde der Gegend, und manchmal ritten sie aus, dein Papa, der damals ein junger Mann war, und seine

Freunde, und deine Tanten mit anderen jungen Mädchen, durch den Wald, mit den Dienern, die die Fackeln vor ihnen hertrugen ...»

«Ja», sagte Lulu bitter, auf das triste und dunkle kleine Wohnzimmer und den ordinären Wodka auf dem Grund des Glases deutend, das sie mechanisch in ihren Fingern drehte, «natürlich hat der Dekor sich verändert ...»

«Nicht nur das hat sich verändert», grummelte die alte Frau. Traurig sah sie Lulu an. «Mein Mädchen, verzeih mir ... du brauchst dich nicht zu schämen, ich habe dich auf die Welt kommen sehen ... Du hast doch wenigstens keine Sünde begangen ...? Du bist noch ein junges Mädchen?»

«Aber ja, Mütterchen», sagte Lulu. Sie erinnerte sich an eine Nacht in Odessa, als die Stadt beschossen wurde und sie im Haus des Barons Rosenkranz geblieben war, des ehemaligen Gouverneurs der Stadt; er war im Gefängnis, und sein Sohn wohnte allein darin. Das Kanonenfeuer hatte so plötzlich eingesetzt, daß sie keine Zeit gehabt hatte, nach Hause zu gehen, und sie hatte die Nacht in dem leeren Palast verbracht, mit Sergej Rosenkranz. Was war aus ihm geworden? Vermutlich tot ... Typhus, Hunger, eine verirrte Kugel, das Gefängnis … Da gab es wahrhaftig die Qual der Wahl. Was für eine Nacht … Die Docks brannten … Von dem Bett aus, in dem sie einander liebkosten, sahen sie die brennenden Ölteppiche über den Hafen kriechen …

Sie erinnerte sich an jenes Haus auf der anderen Straßenseite mit seiner eingestürzten Fassade und den Tüllvorhängen, die sich im Leeren bewegten … In jener Nacht … der Tod war so nah …

Mechanisch wiederholte sie: «Ja, Njanjuschka …»

Aber Tatjana Iwanowna kannte sie gut: Sie schüttelte den Kopf, kniff stumm ihre alten Lippen zusammen.

Georgi Andronikow stöhnte, drehte sich um, wachte dann halb auf.

«Ich bin völlig betrunken», sagte er leise.

Er wankte zum Sessel, vergrub sein Gesicht in den Kissen und blieb reglos sitzen.

«Er arbeitet jetzt den ganzen Tag in einer Garage, und er stirbt vor Hunger. Wenn es den Wein nicht gäbe … und alles andere, wozu dann leben?»

«Du versündigst dich, Lulu.»

Plötzlich verdeckte das junge Mädchen ihr Gesicht mit den Händen und brach in verzweifeltes Schluchzen aus.

«Njanjuschka… Ich möchte zu Hause sein…! Bei uns, bei uns!» wiederholte sie, wobei sie ihre Finger mit einer seltsamen nervösen Geste verdrehte, die sie nicht an ihr kannte. «Warum werden wir so hart bestraft? Wir haben doch nichts Böses getan…!»

Tatjana Iwanowna streichelte sanft das wirre Haar, dem ein hartnäckiger Geruch nach Rauch und Wein anhaftete.

«Es ist Gottes heiliger Wille.»

«Oh, du langweilst mich, was anderes hast du wohl nicht zu sagen…!»

Sie wischte sich die Augen ab, zuckte heftig die Achseln.

«Ach, laß mich…! Geh… Ich bin gereizt und müde. Sag den Eltern nichts… Wozu auch? Du würdest ihnen nur unnötig Kummer machen und doch nichts verhindern, glaub mir… Nichts. Du bist zu alt, du kannst das nicht verstehen.»

KAPITEL VI

An einem Sonntag im August, als Kirill zurückkam, bestellten die Karins eine Messe für Juris Seelenruhe. Gemeinsam gingen sie alle zu Fuß in die Rue Daru. Es war ein wundervoller Tag; der blaue Himmel blinkte. Auf der Avenue des Ternes gab es einen Jahrmarkt im Freien, eine wilde Musik, Staub; neugierig musterten die Passanten Tatjana Iwanowna mit ihrem schwarzen Schal auf dem Haar und ihrem langen Rock.

In der Rue Daru wurde die Messe in der Krypta der Kirche gelesen. Leise knisterten die Kerzen; zwischen den Responsorien hörte man die Tropfen heißen Wachses auf die Steinplatten fallen. «Für die Seelenruhe des Dieners Gottes, Juri …» Der Priester, ein alter Mann mit langen zittrigen Händen, sprach leise, mit sanfter, gedämpfter Stimme. Die Karins beteten stumm; sie dachten nicht mehr an Juri, denn er ruhte in Frieden, während sie noch einen düsteren, langen Weg vor sich hatten. «Mein Gott, beschütze mich… Mein Gott, beschütze mich…», sagten sie. Nur Tatjana Iwanowna, die vor der im Dunkel schwach leuchtenden Ikone kniete, berührte mit ihrer geneigten Stirn die kalten Steine und dachte nur an Juri, betete nur für ihn, für sein Seelenheil und seine ewige Ruhe.

Nach dem Ende der Messe gingen sie nach Hause, kauften unterwegs frische Rosen bei einem Mädchen, das zerzaust und lachend vorbeikam. Sie begannen diese Stadt und dieses Volk zu lieben. Man vergaß all das Elend auf den Straßen, sobald die Sonne sich zeigte, und es wurde einem leicht ums Herz, ohne zu wissen, warum.

Sonntags hatte das Dienstmädchen frei. Die kalte Mahlzeit wurde auf dem Tisch serviert. Sie aßen kaum etwas, dann stellte Lulu ihre Rosen vor ein altes Foto von Juri als Kind.

«Welch seltsamen Blick er hatte», sagte Lulu, «es war mir noch nie aufgefallen … eine Art Gleichgültigkeit, Erschöpfung, seht nur…»

«Diesen Blick habe ich immer auf den Porträts von Leuten gesehen, die jung oder auf tragische Weise sterben sollten», murmelte Kirill voller Unbehagen, «als wüßten sie alles im voraus und scherten sich nicht darum … Armer Juri, er war der Beste von uns allen …» Schweigend betrachteten sie das verblaßte kleine Porträt.

Lulu ordnete sorgsam ihre Blumen, zündete zwei Kerzen an, stellte sie zu beiden Seiten des Rahmens, und sie blieben regungslos stehen, im Bemühen, an Juri zu denken, aber sie empfanden lediglich eine Art eisige Traurigkeit, als wären seit seinem Tod schon viele Jahre vergangen. Nur zwei Jahre …

Sacht wischte Jelena Wassiljewna mit einer mechanischen Bewegung den Staub von dem Glas, wie Tränen von einem Gesicht. Von all ihren Kindern hatte sie Juri am wenigsten verstanden, am wenigsten geliebt … «Er ist bei Gott», dachte sie, «er ist glücklicher als die andern …»

Man vernahm den Lärm des Fests auf der Straße.

«Es ist heiß hier», sagte Lulu.

Jelena Wassiljewna drehte den Kopf. «Dann geht doch raus, Kinder, was wollt ihr? Geht frische Luft schöpfen und schaut euch das Fest an. Als ich so alt war wie ihr, habe ich die Moskauer Jahrmärkte den Palmsonntagsfesten und den Festen bei Hof vorgezogen.»

«Auch ich mag das sehr», sagte Lulu.

«Nun, dann geh», wiederholte die Mutter mit matter Stimme.

Lulu und Kirill verließen das Haus. Nikolai Alexandrowitsch stand am Fenster und betrachtete die weißen Mauern, ohne sie zu sehen. Jelena Wassiljewna seufzte. Wie sehr er sich verändert hatte ... Er war nicht rasiert ... Er trug eine alte Jacke voller Flecken ... Wie schön und charmant war er früher gewesen ... Und sie selbst? Sie betrachtete sich verstohlen in einem Spiegel, erblickte ihr blasses Gesicht, ihr krankhaft aufgedunsenes Fleisch und den abgetragenen alten Morgenrock aus Flanell ... Eine alte, alte Frau, mein Gott ...!

«Njanjuschka», sagte sie plötzlich.

So hatte sie sie noch nie gerufen. Tatjana Iwanowna, die stumm von einem Möbelstück zum andern irrte, Dinge aufräumte und liegenließ, wandte ihr einen merkwürdigen, verwirrten Blick zu.

«Barinja?»

«Wir sind alt geworden, was, meine Arme? Aber du, du änderst dich nicht. Es tut gut, dich anzuschauen ... Nein, wirklich, du veränderst dich nicht.»

«In meinem Alter verändert man sich nur noch im Sarg», sagte Tatjana Iwanowna mit einem dünnen Lächeln.

Jelena Wassiljewna zögerte, murmelte dann, die Stimme senkend: «Du erinnerst dich gut an die Heimat?»

Die alte Frau errötete plötzlich, hob ihre zitternden Hände. «Ob ich mich erinnere, Jelena Wassiljewna ...? Gott ...! Ich könnte noch genau sagen, wo jedes Ding stand ...! Ich könnte das Haus betreten und mit geschlossenen Augen herumgehen! Ich erinnere mich an jedes Kleid, das Sie getragen haben, an die Anzüge der Kinder und an die Möbel und an den Park, mein Gott ...!»

«Der Spiegelsalon, mein kleiner rosa Salon ...»

«Das Kanapee, auf dem Sie an den Winterabenden saßen, wenn die Kinder nach unten gebracht wurden.»

«Und vorher? Unsere Hochzeit ...?»

«Ich sehe noch das Kleid, das Sie trugen, Ihre Diamanten im Haar ... Das Kleid war aus Moiré, mit den alten Spitzen der verstorbenen Fürstin ... Ach mein Gott, Lulitschka wird keine solchen haben ...»

Beide verstummten. Nikolai Alexandrowitsch

starrte in den dunklen Hof; in seiner Erinnerung sah er seine Frau wieder, so wie sie ihm zum ersten Mal auf dem Ball erschienen war, als sie noch die Gräfin Tschernyschow war, mit ihrem langen Kleid aus weißem Satin und ihrem goldenen Haar … Wie sehr er sie geliebt hatte … Aber sie beendeten ihr Leben gemeinsam … Das war doch schön … Wenn bloß diese Frauen schweigen könnten … wenn es diese Erinnerungen auf dem Grunde des Herzens nicht gäbe, wäre das Dasein erträglich … Mühsam sagte er mit zusammengebissenen Zähnen, ohne den Kopf zu wenden: «Wozu? Wozu? Es ist vorbei. Das wird nicht wiederkehren. Mögen andere hoffen, wenn sie wollen … Es ist vorbei, vorbei», wiederholte er mit einer Art Zorn.

Jelena Wassiljewna nahm seine Hand und führte die bleichen Finger an ihre Lippen wie früher.

«Das steigt zuweilen aus der Tiefe der Seele auf … Aber daran ist nichts zu ändern … Es ist Gottes Wille … Kolja, mein Freund … mein Liebling … wir sind zusammen, und alles andere …»

Sie machte eine vage Handbewegung; schweigend sahen sie einander an, suchten in der Tiefe der Vergangenheit andere Züge, ein anderes Lächeln auf ihren alten Gesichtern.

Das Zimmer war dunkel und warm. Jelena Wassiljewna fragte: «Nehmen wir ein Taxi, fahren wir heute abend irgendwohin, willst du? Früher gab es ein kleines Restaurant, in der Nähe von Ville-d'Avray, am See, wo wir 1908 hingegangen sind, erinnerst du dich?»

«Ja.»

«Vielleicht existiert es noch?»

«Vielleicht», sagte er achselzuckend, «wir stellen uns immer vor, daß alles mit uns zusammenbricht, nicht wahr? Sehen wir nach.»

Sie standen auf, schalteten das Licht an. Tatjana Iwanowna stand in der Mitte des Zimmers und murmelte unverständliche Worte.

«Bleibst du da, Njanjuschka?» fragte Nikolai Alexandrowitsch mechanisch.

Sie schien aufzuwachen; ihre bebenden Lippen bewegten sich langsam, als bildeten sie nur mühsam die Wörter.

«Und wo sollte ich hingehen?» sagte sie schließlich.

Als sie allein war, setzte sie sich vor Juris Porträt. Ihr Blick war fest auf ihn gerichtet, aber noch andere Bilder zogen in ihrer Erinnerung vorüber, ältere, von allen vergessene. Tote Gesichter, ein halbes Jahrhundert alte Kleider, verlassene Zimmer... Sie erinnerte sich an Juris ersten gellenden Klageschrei... «Als hätte er gewußt, was ihn erwartete», dachte sie. «Die anderen haben nicht so geschrien...»

Dann setzte sie sich vor das Fenster und begann Strümpfe zu stopfen.

KAPITEL VII

Die ersten Monate im Leben der Karins in Paris verliefen ruhig. Erst im Herbst, als der kleine Andrej aus der Bretagne zurückkam und man daran denken mußte, sich wirklich niederzulassen, begann das Geld auszugehen. Der letzte Schmuck war schon seit langem verkauft. Es blieb noch ein kleines Kapital, das zwei, drei Jahre reichen mochte ... Und dann? Einige Russen hatten Restaurants eröffnet, Nachtlokale, kleine Läden. Wie die anderen kauften auch die Karins mit ihren letzten Sous eine Boutique in einem Hinterhof und begannen dort die wenigen Dinge zu verkaufen, die sie hatten mitnehmen können, die alten Tischbestecke, die Spitzen, die Ikonen. Zuerst kaufte niemand etwas. Im Oktober war die Miete fällig. Dann mußte Andrej nach Nizza geschickt werden. Von der Pariser Luft bekam er Erstickungsanfälle. Sie erwogen umzuziehen. Man bot ihnen nahe der

Porte de Versailles eine billigere und hellere Wohnung an, aber sie hatte nur drei Zimmer und eine winzige Küche, so schmal wie ein Wandschrank. Wo die alte Tatjana unterbringen? Es kam nicht in Frage, sie mit ihren schlimmen Beinen in den sechsten Stock steigen zu lassen. Mittlerweile wurde jedes Monatsende schwieriger als das vorherige. Die Dienstmädchen kündigten eines nach dem andern, da sie sich nicht an diese Fremden gewöhnen konnten, die tagsüber schliefen und des Nachts aßen, tranken und das schmutzige Geschirr bis zum nächsten Tag auf den Wohnzimmermöbeln herumstehen ließen.

Tatjana Iwanowna versuchte ein paar kleine Arbeiten zu machen, Wäsche zu waschen, aber sie wurde schwach, und ihre alten Hände hatten nicht mehr die Kraft, die schweren französischen Matratzen und die nassen Wäschestücke hochzuheben.

Die Kinder, die jetzt ständig müde und gereizt waren, schnauzten sie an, schickten sie fort: «Laß das. Geh weg. Du bringst alles durcheinander. Du machst alles kaputt.» Wortlos ging sie weg. Im übrigen schien sie sie nicht einmal zu hören. Stundenlang blieb sie regungslos sitzen, die Hände auf den Knien verschränkt, und starrte schweigend vor sich hin. Sie war gebeugt, fast krumm, ihre Haut weiß, tot, mit geschwollenen blauen Adern an den Augenwinkeln. Oft antwortete sie nicht, wenn man sie rief, begnügte sich damit, ihren eingefallenen kleinen Mund noch mehr zusammenzupressen. Dabei war sie nicht taub. Jedesmal wenn eines von ihnen, und sei es mit leiser Stimme, kaum gehaucht, einen heimatlichen Namen fallen ließ, zuckte sie zusammen, sagte plötzlich mit ihrer schwachen, ruhigen Stimme: «Ja ... am Ostertag, als der Kirchturm von Temnaja gebrannt hat, ich erinnere mich ...» oder: «Der Pavillon ... schon als ihr weggegangen seid, hatte der Wind die Scheiben eingedrückt ... Ich frage mich, was aus alledem geworden ist ...»

Und wieder schwieg sie und betrachtete das Fenster, die weißen Mauern und den Himmel über den Dächern.

«Wann wird es endlich Winter?» sagte sie. «O mein Gott, wie lange haben wir keine Kälte und kein Eis mehr gesehen ... Der Herbst dauert hier recht lang ... In Karinowka ist bestimmt schon alles weiß, und der Fluß ist zugefroren ... Erinnern Sie sich, Nikolai Alexandrowitsch, als Sie drei, vier Jahre alt waren, da war ich jung, und Ihre verstorbene Mama sagte: ‹Tatjana, man sieht, daß du aus dem Norden kommst, mein Mädchen ... Beim ersten Schnee wirst du ganz toll ...› Erinnern Sie sich?»

«Nein», murmelte Nikolai Alexandrowitsch mit verdrießlicher Miene.

«Ich dagegen erinnere mich», grummelte sie, «und bald wird es nur noch mich geben, die sich erinnert ...»

Die Karins antworteten nicht. Jeder von ihnen hatte genug mit seinen eigenen Erinnerungen, seinen Befürchtungen und seinen Kümmernissen zu tun.

Eines Tages sagte Nikolai Alexandrowitsch: «Die hiesigen Winter gleichen nicht den unseren.»

Sie zuckte zusammen. «Wie das, Nikolai Alexandrowitsch?»

«Das wirst du noch früh genug erfahren», murmelte er.

Sie starrte ihn an und schwieg. Zum ersten Mal fiel ihm der sonderbare, mißtrauische und verstörte Ausdruck ihrer Augen auf.

«Was ist los, Mütterchen?» fragte er sanft.

Sie antwortete nicht. Wozu auch?

Jeden Tag schaute sie auf den Kalender, der Anfang Oktober anzeigte, prüfte lange den Rand der Dächer, aber es fiel noch kein Schnee. Sie sah nur dunkle Ziegel, den Regen, die bebenden trockenen Herbstblätter.

Jetzt war sie den ganzen Tag allein. Nikolai Alexandrowitsch durchstreifte die Stadt auf der Suche nach alten Gegenständen, Schmuckstükken für ihren kleinen Laden; es gelang ihnen, ein wenig Trödel zu verkaufen und anderen zu erwerben.

Früher hatte Nikolai Alexandrowitsch kostbare Porzellansammlungen besessen. Jetzt vergaß er manchmal, wenn er abends, ein Päckchen unter dem Arm, die Champs-Elysées entlang heimkehrte, daß er nicht für sein Haus, nicht für sich selbst gearbeitet hatte. Er ging schnell, den Geruch von Paris einatmend, und betrachtete in der Dämmerung die schimmernden Lichter, beinah glücklich und das Herz von traurigem Frieden erfüllt.

Lulu hatte in einem Modehaus eine Stelle als Mannequin erhalten. Unmerklich geriet das Leben in geordnete Bahnen. Sie kamen spät und müde nach Hause und brachten von der Straße, von ihrer Arbeit eine Art Erregung mit, die sich noch eine Weile in Gelächter und Worten verausgabte, aber die dunkle Wohnung und die stumme alte Frau lähmten sie allmählich. Hastig aßen sie zu Abend, legten sich zu Bett und schliefen traumlos, erschöpft von dem harten Arbeitstag.

KAPITEL VIII

Der Oktober ging vorüber, und der Novemberregen setzte ein. Von morgens bis abends hörte man ihn in Strömen auf das Pflaster des Hofs prasseln. Die Luft in den Wohnungen war warm, schwül. Wenn nachts die Heizungen ausgingen, drang die Feuchtigkeit von draußen durch die Ritzen des Holzbodens. Der scharfe Wind blies unter den eisernen Deckplatten der erloschenen Schornsteine.

In der leeren Wohnung am Fenster sitzend, betrachtete Tatiana Iwanowna stundenlang den fallenden Regen und die schweren Tropfen, die wie eine Tränenflut über die Scheiben rannen. Von einer Küche zur andern, über immer die gleichen kleinen Kästen der Vorratskammern und die zwischen zwei Nägeln gespannte Leine hinweg, auf der die Putzlappen trockneten, tauschten die Dienstmädchen Späße oder Klagen in jener schnellen Sprache aus, die sie nicht verstand. Gegen vier Uhr kamen die Kinder aus der Schule. Man hörte den Lärm der Klaviere, die alle gemeinsam spielten, und auf allen Eßzimmertischen gingen ähnliche Lampen an. Die Vorhänge vor den Fenstern wurden zugezogen, und sie hörte nur noch das Rauschen des Regens und das dumpfe Dröhnen der Straßen.

Wie konnten alle diese Leute nur in diesen schwarzen Häusern eingesperrt leben? Wann würde der Schnee kommen?

Der November ging vorüber, dann die ersten kaum kälteren Dezemberwochen. Der Nebel, der Rauch, die letzten toten Blätter, zerdrückt, entlang dem Rinnstein hinweggeschwemmt... Dann Weihnachten. Am 24. Dezember, nach einem hastig an einer Ecke des Tischs eingenommenen leichten Abendessen gingen die Karins zu Freunden, um zu feiern. Tatjana Iwanowna half ihnen beim Anziehen. Als sie sich von ihr verabschiedeten, empfand sie eine Regung der Freude darüber, sie gekleidet zu sehen wie früher, Nikolai Alexandrowitsch im Frack. Lächelnd schaute sie Lulu an, ihr weißes Kleid, ihre über dem Nacken zusammengerollten langen Zöpfe.

«Na, Lulitschka, heute Nacht wirst du mit Gottes Hilfe einen Bräutigam finden.»

Schweigend zuckte Lulu die Achseln, ließ sich wortlos umarmen, und sie verließen das Haus. Andrej verbrachte die Weihnachtsferien in Paris. Er trug den Umhang, die kurze blaue Hose und die Mütze des Gymnasiums von Nizza; er schien größer und kräftiger zu sein, und er hatte eine schnelle, lebhafte Art, die Wörter hinzuwerfen, den Akzent, die Bewegungen, den Argot eines in Frankreich geborenen und aufgewachsenen Knaben. In dieser Nacht ging er zum ersten Mal abends mit seinen Eltern aus. Er lachte, trällerte. Tatjana Iwanowna beugte sich aus dem Fenster, folgte ihnen mit dem Blick, während er, über die Pfützen springend, vorausging. Mit einem dumpfen Geräusch fiel das Haustor ins Schloß. Tatjana Iwanowna war wieder allein. Sie seufzte. Der trotz der Jahreszeit laue, mit feinen Tröpfchen gesättigte Wind blies ihr ins Gesicht. Sie hob den Kopf, sah mechanisch zum Himmel. Kaum gewahrte man zwischen den Dächern einen dunklen Raum von merkwürdiger roter Farbe, wie von einem inneren Feuer entflammt. Im Haus spielten auf verschiedenen Stockwerken Grammophone mißtönende Musik.

Tatjana Iwanowna murmelte: «Bei uns …», und verstummte. Wozu auch? Es war seit langem zu Ende … Alles war zu Ende, tot …

Sie schloß das Fenster, kehrte in die Wohnung zurück. Sie hob den Kopf, atmete die Luft mit einer Art Anstrengung, einem besorgten, irritierten Ausdruck. Diese niedrigen Decken erstickten sie. Karinowka … Das große Haus, seine riesigen Fenster, durch die Licht und Luft hereinströmten, die Terrassen, die Salons, die Galerien, wo an festlichen Abenden fünfzig Musiker bequem Platz fanden. Sie erinnerte sich an den Weihnachtsabend, an dem Kirill und Juri fortgegangen waren … Sie meinte noch den Walzer zu hören, den sie in jener Nacht gespielt hatten … Vier Jahre war das her … Ihr war, als sähe sie die im Mondschein glitzernden Eiszapfen. «Wenn ich nicht so alt wäre», dachte sie, «würde ich gern die Reise machen … Aber es wäre nicht dasselbe … Nein, nein», murmelte sie, «es wäre nicht dasselbe …» Der Schnee … Wenn sie ihn fallen sähe, wäre es zu Ende … Sie würde alles vergessen. Sie würde sich hinlegen und für immer die Augen schließen. «Werde ich solange leben?» murmelte sie.

Mechanisch nahm sie die Kleidungsstücke

auf, die auf den Stühlen herumlagen, faltete sie zusammen. Seit einiger Zeit meinte sie überall einen feinen, gleichmäßigen Staub zu sehen, der von der Decke rieselte und die Dinge bedeckte. Das hatte im Herbst angefangen, als die Nacht früher hereingebrochen war und man die Lampen eine Stunde später angezündet hatte, um nicht zuviel elektrischen Strom zu verbrauchen. Unaufhörlich reinigte und schüttelte sie die Stoffe; der Staub zerstob, um jedoch sofort anderswo wieder herabzusinken wie feine Asche.

Sie las die Kleider auf, bürstete sie, wobei sie mit einem stumpfsinnigen, leidenden Ausdruck murmelte: «Was ist das? Was ist das bloß?»

Plötzlich hielt sie inne, schaute sich um. Mitunter verstand sie nicht mehr, warum sie da war und in diesen engen Zimmern herumstrich. Es war warm und schwül, und die Heizkörper, die an diesem Festabend ausnahmsweise noch brannten, verbreiteten einen Geruch von frischer Farbe. Sie wollte sie ausmachen, aber sie hatte nie begreifen können, wie man damit umging. Eine Weile drehte sie vergeblich am Knopf. Wieder öffnete sie das Fenster. Die Wohnung auf der andern Seite des Hofs war erleuchtet und warf ein helles Lichtrechteck ins Zimmer.

«Bei uns», dachte sie, «bei uns, jetzt …»

Der Wald war starr vor Kälte. Sie schloß die Augen, sah mit außergewöhnlicher Genauigkeit den tiefen Schnee, die Lichter des Dorfs, die in der Ferne glitzerten, und den Fluß am Rande des Parks, schimmernd und hart wie Eisen.

Sie blieb regungslos ans Fensterkreuz gelehnt stehen, während sie mit der ihr vertrauten Handbewegung ihren Schal über die wirren Strähnen ihres Haars zog. Es fiel ein feiner lauer Regen; die glänzenden Tropfen, die der Wind in jähen Böen herbeitrug, benetzten ihr Gesicht. Sie fröstelte, zog ihr altes schwarzes Schultertuch fester um sich. Ihre Ohren dröhnten, schienen manchmal von einem heftigen Geräusch erfüllt, wie dem des schwingenden Klöppels einer Glocke. Ihr Kopf, ihr ganzer Körper taten ihr weh.

Sie verließ den Salon, ging in ihr kleines Zimmer am Ende des Flurs, legte sich hin.

Bevor sie zu Bett ging, kniete sie nieder und betete.

Sie bekreuzigte sich, berührte das Parkett mit ihrer geneigten Stirn wie jeden Abend. Aber die Worte verhedderten sich in dieser Nacht auf ihren Lippen; sie hielt inne, starrte in einer Art

Betäubung auf die kleine helle Flamme am Fuß der Ikone.

Sie legte sich hin, schloß die Augen. Sie konnte nicht einschlafen, unfreiwillig lauschte sie dem Knacken der Möbel, dem Geräusch der Pendeluhr im Eßzimmer, gleich einem menschlichen Seufzen, das dem Ton des Stundenschlags in der Stille vorausging, und über und unter ihr die Grammophone, die an diesem Weihnachtsabend alle spielten. Leute gingen die Treppe hinauf und hinunter, überquerten den Hof, verließen das Haus. Ständig hörte man: «Aufmachen, bitte!» und das dumpfe Echo des geöffneten und wieder geschlossenen Tors und der Schritte, die sich in der leeren Straße entfernten. Eine heisere Stimme rief den Concierge im Hof.

Tatjana Iwanowna warf stöhnend ihren schweren Kopf auf dem Kissen hin und her. Sie hörte elf Uhr, dann Mitternacht schlagen. Mehrmals schlief sie ein, wachte wieder auf. In dem Augenblick, in dem sie das Bewußtsein verlor, erblickte sie jedesmal im Traum das Haus in Karinowka, aber das Bild zerfloß, sie beeilte sich, die Augen wieder zu schließen, um es von neuem einzufangen. Jedesmal war ein Detail anders. Entweder hatte die zarte gelbe Farbe des Steins die rote Färbung von getrocknetem Blut angenommen, oder das Haus war blind, vermauert, die Fenster verschwunden. Dennoch vernahm sie den schwachen Laut der kältestarren, vom Wind bewegten Fichtenzweige mit ihrem leisen Klirren wie von Glas.

Mit einemmal veränderte sich der Traum. Sie sah sich vor dem leeren, offenen Haus stehen. Es war ein Herbsttag, zur Stunde, wo die Dienstboten die Öfen anzündeten. Sie stand unten, allein. Sie sah in ihrem Traum das menschenleere Haus, die kahlen Zimmer, so wie sie sie zurückgelassen hatte, mit den entlang den Wänden aufgerollten Teppichen. Sie stieg hinauf, und alle Türen schlugen in der Zugluft mit einem sonderbaren, ächzenden Geräusch. Sie ging weiter, beeilte sich, als fürchtete sie, zu spät zu kommen. Sie sah die Flucht riesiger Zimmer, allesamt offen, leer, mit Fetzen von Packpapier und alten Zeitungen, die auf der Erde herumlagen und die der Wind hochhob.

Schließlich betrat sie das Zimmer der Kinder. Es war leer wie die anderen, sogar Andrejs kleines Bett war weg, und in ihrem Traum empfand sie eine Art Bestürzung: Sie erinnerte sich, es eigenhändig in eine Ecke des Zimmers gestellt und die Matratzen zusammengerollt zu haben. Vor dem Fenster saß Juri auf dem Fußboden, bleich, abgemagert, in Soldatenuniform wie am letzten Tag, und spielte mit alten Knöchelchen, wie er es als Kind tat. Sie wußte, daß er tot war, und doch empfand sie, als sie ihn sah, eine ungeheure Freude, so daß ihr altes erschöpftes Herz mit fast schmerzhafter Heftigkeit zu klopfen begann; die dumpfen, tiefen Schläge stießen an die Wände ihrer Brust. Sie hatte gerade noch Zeit, sich auf ihn zulaufen zu sehen, über das staubige Parkett hinweg, das unter ihren Füßen knarrte wie früher, und in dem Moment, in dem sie ihn berühren wollte, wachte sie auf.

Es war spät. Der Tag brach an.

KAPITEL IX

Sie wachte stöhnend auf und blieb reglos auf dem Rücken liegen, wie betäubt die hellen Fenster anstarrend. Dichter weißer Nebel erfüllte den Hof und wirkte in ihren müden Augen wie Schnee, so wie er im Herbst zum ersten Mal fällt, dicht und blendend, eine Art trübes Licht, einen harten weißen Glanz ausstrahlend.

Sie faltete die Hände, murmelte: «Der erste Schnee …»

Lange betrachtete sie ihn mit einem Ausdruck kindlichen und zugleich ein wenig erschreckenden, irrsinnigen Entzückens. Die Wohnung war still. Vermutlich war noch niemand zurückgekehrt. Sie stand auf, zog sich an. Sie ließ das Fenster nicht aus den Augen, sich den fallenden Schnee vorstellend, den Schnee, der die Luft mit nicht faßbarer Geschwindigkeit strichelte, wie Vogelfedern. Einen Moment lang meinte sie das Geräusch einer sich schließenden Tür zu hören.

Vielleicht waren die Karins schon zurückgekehrt und schliefen? Aber sie dachte nicht an sie. Sie glaubte die Schneeflocken auf ihrem Gesicht zu spüren mit ihrem Geschmack von Eis und Feuer. Sie nahm ihren Mantel, legte sich hastig ihr Tuch um den Kopf, steckte es am Hals mit einer Nadel fest, suchte mechanisch auf dem Tisch mit ausgestreckter Hand, wie eine Blinde, den Schlüsselbund, den sie in Karinowka immer mitnahm, wenn sie ausging. Sie fand nichts, tastete fiebrig, vergaß, was sie wollte, stieß ungeduldig das Brillenetui, das begonnene Strickzeug, Juris Kinderbild von sich...

Ihr schien, als werde sie erwartet. Ein seltsames Fieber entzündete ihr Blut.

Sie öffnete einen Schrank, ließ ihn mit schlagender Tür und offener Schublade zurück. Ein Kleiderständer fiel um. Sie zögerte einen Augenblick, zuckte die Achseln, als hätte sie keine Zeit zu verlieren, und ging plötzlich hinaus. Sie durchquerte die Wohnung, stieg mit ihrem raschen, leisen Schritt die Treppe hinunter.

Draußen blieb sie stehen. Der eisige Nebel erfüllte den Hof mit einer weißen, dichten Masse, die langsam von der Erde aufstieg wie Rauch. Die feinen Tröpfchen stachen ihr ins Gesicht, wie die Spitzen der Schneekristalle, wenn sie halb geschmolzen und noch mit dem Septemberregen vermischt herabfielen.

Hinter ihr verließen zwei Männer im Frack das Haus und sahen sie neugierig an. Sie folgte ihnen, glitt durch die halbgeöffnete Tür, die mit einem dumpfen Stöhnen ins Schloß fiel.

Sie befand sich auf der Straße, einer schwarzen, menschenleeren Straße; eine angezündete Laterne schimmerte durch den Regen. Der Nebel löste sich auf. Es setzte ein schneidender und kalter feiner Sprühregen ein; die Pflastersteine und die Mauern glänzten schwach. Ein Mann schlurfte vorbei, aus seinen nassen Sohlen quoll Wasser. Ein Hund überquerte die Straße in einer Art Hast, näherte sich der alten Frau, beschnupperte sie, heftete sich mit einem stöhnenden und beunruhigten leisen Knurren an ihre Fersen. Er folgte ihr eine Weile, verließ sie dann.

Sie ging weiter, erblickte einen Platz, andere Straßen. Ein Taxi fuhr so dicht an ihr vorbei, daß ihr der Schlamm ins Gesicht spritzte. Sie schien nichts zu sehen. Sie ging immer geradeaus, auf dem nassen Pflaster wankend. Mitunter verspürte sie eine solche Müdigkeit, daß ihre Beine unter dem Gewicht ihres Körpers nachzugeben und in der Erde zu versinken schienen. Sie hob den Kopf, betrachtete das Tageslicht, das von der Seine herkam, ein Stück weißer Himmel am Ende der Straße. In ihren Augen verwandelte es sich in eine Schneedecke wie die von Sucharewo. Sie ging schneller, geblendet von einer Art Feuerregen, der ihre Lider zerschrammte. In ihren Ohren läuteten Glocken.

Einen Moment lang kehrte ihr ein Funken Verstand zurück; deutlich sah sie den Nebel und den Rauch, die sich auflösten, dann war es vorüber. Sie begann wieder zu gehen, beunruhigt und ermattet, zur Erde gekrümmt. Schließlich erreichte sie die Kais.

Die Seine führte Hochwasser und war über die Ufer getreten; die Sonne ging auf, und der Horizont war weiß und von einem reinen, hellen Glanz. Die alte Frau näherte sich der Brüstung, starrte auf diesen Streifen glitzernden Himmel. Unter ihren Füßen war eine kleine Treppe in den Stein gehauen; sie packte das Geländer, umfaßte es fest mit ihrer zitternden kalten Hand, stieg hinab. Über die letzten Stufen floß das Wasser. Sie sah es nicht. «Der Fluß ist zugefroren», dachte sie, «um diese Jahreszeit muß er zugefroren sein ...»

Ihr schien, als brauchte man ihn lediglich zu überqueren, und auf der anderen Seite wäre Karinowka. Sie sah die Lichter der Terrassen durch den Schnee schimmern.

Doch als sie unten angelangt war, fiel ihr schließlich der Geruch des Wassers auf. In einer jähen Regung von Bestürzung und Zorn blieb sie eine Sekunde lang stehen, stieg dann weiter hinunter, ungeachtet des Wassers, das in ihre Schuhe drang und ihren Rock beschwerte. Und erst als sie bis zur Taille in die Seine gestiegen war, kehrte ihr Verstand vollständig wieder zurück. Sie fühlte sich eiskalt, wollte schreien, aber sie hatte nur noch Zeit, sich zu bekreuzigen, und der erhobene Arm sank herab: Sie war tot.

Der kleine Leichnam schwamm einen Augenblick wie ein Paket Lumpen, bevor er verschwand, von der dunklen Seine erfaßt.

Die Originalausgabe erschien unter
dem Titel «Les Mouches d'automne» 1931 bei Grasset, Paris.

Sonderausgabe

Umschlaggestaltung: semper smile Werbeagentur, München
unter Verwendung eines Motivs von Getty images
Gesetzt aus der Bembo von Greiner & Reichel, Köln
Druck und Einband: Clausen & Bosse, Leck
Das FSC-zertifizierte Papier EOS
liefert Salzer, St. Pölten.
Alle verwendeten Materialien entsprechen alterungsbeständiger Qualität, die Papiere sind chlor- und säurefrei.
Printed in Germany
ISBN 978-3-8135-0279-4

www.knaus-verlag.de